スパイ教室 11

《付焼刃》のモニカ

夢語《code name》

スパイ教室11

《付焼刃》のモニカ

竹町

ファンタジア文庫

3343

口絵・本文イラスト　トマリ
銃器設定協力　アサウラ

SPY ROOM
the room is a specialized institution of mission impossible
last code tsukeyakiba

CONTENTS

CHARACTER PROFILE

愛娘
Grete

ある大物政治家の娘。
静淑な少女。

花園
Lily

僻地出身の
世間知らずの少女。

燎火
Klaus

『灯』の創設者であり、
「世界最強」のスパイ。

夢語
Thea

大手新聞社の
社長の一人娘。
優艶な少女。

灰燼
Monika

芸術家の娘。
不遜な少女。

百鬼
Sibylla

ギャングの家に
生まれた長女。
凛然とした少女。

愚人
Erna

元貴族。事故に頻繁に
遭遇する不幸な少女。

忘我
Annett

出自不明。記憶損失。
純真な少女。

草原
Sara

街のレストランの娘。
気弱な少女。

Team Otori

凱風
Queneau

鼓翼
Culu

飛禽
Vindo

羽琴
Pharma

翔破
Vics

浮雲
Lan

Team Homura

紅炉
Veronika

炮烙
Gerute

煤煙
Lucas

灼骨
Wille

煽惑
Heidi

炬光
Ghid

Team Hebi from ガルガド帝国

翠蝶

白蜘蛛

蒼蠅

銀蟬

紫蟻

藍蝗

黒蟷螂

『CIM』 from フェンド連邦

『Hide』ーCIM最高機関ー

呪師 **Nathan**　魔術師 **Mirena**

他三名

『Berias』ー最高機関直属特務防諜部隊ー

操り師 **Amelie**

他、蓮華人形、自壊人形など

『Vanajin』ーCIM最大の防諜部隊ー

甲冑師 **Meredith**　刀鍛冶 **Mine**

Other

影法師 **Luke**　索敵師 **Sylvette**　道化師 **Heine**　旋律師 **Khaki**

MISSION STATUS

Side『灯』

煽動班

エルナ&アネット

多くの民衆を味方につけ、革命を煽動する

革命の三要素

籠絡班

ジビア&サラ

国王親衛隊と接触し、革命を支持してくれるよう工作を行う

終局班

リリィ&グレーテ

革命に賛同し、混乱を収めてくれる貴族らと繋がり、革命を終結させる

ニケ班

モニカ&ティア

『ニケ』と直接闘い、正面から《暁闇計画》を手に入れることを目指す

Side ライラット王国

市民革命の潰えた国。《暁闇計画》の生まれた場所でもあり、
計画の全貌を知るにはこの国での革命が最善

国王

国王親衛隊

警察とは別に王政府が設立した治安部隊。『創世軍』と連携し、王政府を守護する

創成軍

ライラット王国の防諜機関。優れた防諜技術により国内の反乱分子を潰す

スパイマスター『ニケ』

代議員議会

王党派：国王の統治を支持する、保守勢力
純理派：立憲王政の徹底を求める中立保守
自由派：民主主義による統治を望む改革派

地下秘密結社

LWS劇団

二年前、国王を退位させた伝説の秘密結社。かつての代表は『煤煙』のルーカス、副代表は『灼骨』のヴィレだが、現在は両名死亡。また現在の代表は不明

義勇の騎士団

大学生主体の秘密結社。若さと行動力を武器に、王政府の汚職を糾弾するパンフレットを作成し、国中に配布していた

プロローグ　秘事

世界で二人しか知らない会話だ。

フェンド連邦で行われた過酷な諜略戦の直後。『鳳《おおとり》』の壊滅とダリン皇太子暗殺事件、そして『蛇《へび》』の『白蜘蛛《しろぐも》』との決着をつけ、『灯《ともしび》』が陽炎《かげろう》パレスに戻った時。

拠点に戻った『花園《はなぞの》』のリリィはまず庭に向かった。

豊満なバストと愛らしい童顔が特徴の銀髪の少女。毒の扱いを得意とする彼女は、一部の毒は自身で生成している。毒薬の材料になる花や植物などを洋館の庭で育てており、外国での任務時にはここの管理人に世話を任せていた。庭の様子が気になった。

――『灰燼《かいじん》』のモニカは彼女のあとを追った。

再び『灯』での生活が始まる前に、リリィと話したかった。

『ボクは、キミのことが好きなんだ』

任務の最中、モニカはずっと秘めていた恋心を伝えた。

『灯』の一員として恋心を抱いて以来、その想《おも》いは叶《かな》うはずがないと諦め、隠し続けていた。自身は誰とも想いを共有できずに死んでいく。そう覚悟を決めていたが、フェンド連邦の任務中、死が差し迫ると、どうしても気持ちを抑えられなかった。

幸いモニカは生き延びたのだが、結果的に告白が中途半端《ちゅうとはんぱ》になった感は否《いな》めない。

有耶無耶《うやむや》にして生活するのは、モニカが耐えられそうにない。

意を決して、モニカはジョウロを握るリリィの前に姿を現した。

「リリィ、ちょっと話が――」

「っ⁉」

声を発した瞬間、リリィが咄嗟《とっさ》に振り向いた。目を見開き「モ、モニカちゃん……！」と呻《うめ》き、顔を赤くしている。ジョウロから出る水が足にかかっていた。

あからさまな警戒に、モニカの胸の内が痛む。

緊張に息を飲んでいると、リリィの髪飾りが普段より大きいことに気が付いた。機械が取り付けられている。おそらく盗聴器。アネットやティアあたりの仕業だろう。

（アイツら……）

指で弾いて叩《たた》き落とし、リリィが握るジョウロの中に放り込む。

リリィは顔を赤くしたまま、狼狽《うろた》えている。

ここまで彼女を困らせたことにすまなさが湧くが、躊躇《ためら》いは無理にでも押し殺す。

「フェンド連邦で伝えた件。何かは言わなくても分かるよね？」

「ひゃ、ひゃい……」

肩をぷるぷると震わせ、ずっと足先を水で濡《ぬ》らしているリリィ。

モニカはハッキリと見つめ、静かに息を吸い込んだ。

「――あんまり気にしなくていいから」

「へぇあっ⁉」リリィが素っ頓狂な声をあげた。

反応が面白かったが、茶化す気にはなれない。

「ごめんね。本来、伝える予定のセリフじゃなかったんだよ」

簡単に説明した。

恋心らしき感情を抱いていたのは事実だが、伝えても困らせるとは理解し、隠し通そうとしていたこと。あの時は自身が死ぬと思い込んでいたから、漏らしてしまったこと。

リリィは「はぁ……」とか細い声を漏らした。

「だから忘れていいよ」

モニカは顔の前で手を振った。

「――ボクは勝手にキミに惹《ひ》かれ、勝手に死んでいくから」

あくまで一方通行。恋を自覚した瞬間から、そう決めている。それ以上望まない。

返答を待たずにモニカは背を向けた。

「このことは忘れて、普段通り振る舞ってくれればいい。困惑させて、ごめ――」

「あっ、あのっ‼」

リリィが鋭い声をあげた。

振り返ると、去ろうとするモニカに手を伸ばしているリリィの姿があった。顔は一層赤くなっているが、目は大きく見開かれ、凄《すご》みが伝わる。

「じ、時間だけくれませんかっ⁉」

「……は？」

「わたし、色恋には全く不慣れでしてっ！　男性とそんな関係になったこともなくっ！　なんなら男の人って結構、わたしの胸を見てくるので苦手だったり！」

大声で秘密を打ち明けられる。

彼女が色仕掛《いろじか》けを避けるのは、その大きな胸部に向けられる視線が理由らしい。

早口のまま「それに、謝るのは、やっぱり違うと思いますっ！」と付け足される。

予想外の反応にモニカは呆然《ぼうぜん》とする。

まとまりがない発言を続け、最後にリリィはぐっと拳を握り込んだ。

「モ、モニカちゃんの提案通り、これまで通りの関係になりましょうっ！」

彼女の顔はいよいよ耳の先まで赤く染まっていた。


「ただ、それは時間稼ぎと言いますか——とにかく、考える時間をくれませんか？」


時間、とモニカは呟《つぶや》いた。

かつてグレーテにたしなめられた言葉を思い出す。

——『伝わるはずがない、と勝手に決めつけ、諦めているだけではないですか？』

彼女は正しかったと悟る。その事実を認めた時、ふっと肩の力が抜けた。

「キミらしいね」口から息が漏れる。「ありがと」

大きな荷が下りたように身体《からだ》が軽くなった。

そんな結論もあったのだな、と自嘲の笑みが零《こぼ》れる。

決断を急がずに後回し、時間稼ぎ。それも一つの正解なのかもしれない。

リリィが訝《いぶか》しがるように首を捻《ひね》る。

「え、なぜ笑われたんです？　わたし」

「別に？　じゃ、ボクは戻るよ。ティアの髪を一本残らず毟《むし》ってくる」

「ん？　あ、はいっ。では、これまで通りに……って、どんな感じでしたっけ？」

「考えなくていいんだよ。アホっぽく振る舞っていれば」

「失礼な！　………あ、明日デートでもします？」

「っ……突然どうした？」

「いや、一周二周回って、これくらいはするべきなのかな、と」

「断る。疲れたから」

「わたしがフラれたっ!?」

「それこそ振る舞い方が分からないし……これまで通りでいいんだって」

言葉を掛け合った後に、モニカは口元を緩めながら庭を去る。

二人の少女しか知らない、大切な秘め事。

それから一年の月日が流れていった。

◇◇◇

——世界は憂虞《ゆうぐ》に塗《まみ》れている。

十二年前に終結した世界大戦は、参戦した西央諸国に大きな戦禍をもたらした。終戦後、各国は平和条約を結び、二度と悲惨な戦争を繰り返さぬよう国際協調の方向に、政治の舵《かじ》を切り始める。軍部よりも諜報《ちょうほう》機関に国家予算を割き、スパイの時代が訪れた。

脅迫、暗殺や革命の煽動《せんどう》、反政府組織の支援など、スパイによる影の戦争。政治的な混沌《こんとん》はあれど、一般市民にとっては世界大戦に比べれば平穏な時期。

しかし世界大戦から月日が流れ、人々の胸に疑念が生まれていた。

——本当に人類は世界大戦を繰り返さないのか。

頻発するスパイ同士の闘いが、人々に不安をもたらしていた。

——ビュマル王国ではクーデターが起き、右翼政党が政権を握った。

——超大国ムザイア合衆国の首都では国際会議の裏で多くの官僚や市民が暗殺された。

——大国フェンド連邦では皇太子が暗殺され、首都の治安が大きく乱れた。

何かが変わり始めている。そんな疑念が人々の胸中に立ち込めていた。

変わり行く世界の動向をいち早く掴《つか》むため、スパイは暗躍を続ける。

◇◇◇

『草原《そうげん》』のサラが拳銃を握り、敵と向き合っている。

一年前よりも身長や髪が伸び、ずっと大人っぽくなった。臆病で内気だった印象は消え、勇ましささえ窺《うかが》える。背中しか見えないのが惜しいくらいだ。

だが、その背中からは膨大な血がとめどなく流れている。

彼女の前に立つのは、長大な槌《つち》を握りしめた、人並外れた美貌を有する女性——ニケ。

ライラット王国に君臨し、数々の外敵を撃退してきたスパイマスター。

サラはエルナたちを逃がすため、たった一人で奮闘している。

一年ぶりの再会を祝う暇さえなく、命を懸け、敵を引きつけている。

しかしサラが敵《かな》うはずがない。やめてほしくて必死に声をあげるが、届かない。一緒に逃げる相棒に腕を引かれ、ただニケの槌の餌食《えじき》になるサラの後ろ姿を——。

「ああああああああああああああああああああああっ‼」

悲鳴のような絶叫をあげ、エルナは身を起こした。

ベッドの上だ。敵などいない、安全な休息の場。平和な寝室。

「夢、なの…………」

過呼吸気味の息を整え、見たばかりの悪夢に額を押さえる。

ライラット王国の首都、ピルカ郊外のアパルトメントだ。

精巧に作り上げられた人形のような白い肌を有する、金髪《きんぱつ》の少女――『愚人《ぐじん》』のエルナ。

十六歳になり身長は伸び、普段ならば、短く切りそろえられた髪の隙間から凛々《りり》しい瞳を覗《のぞ》かせている。ディン共和国のスパイとして大きく成長した少女。

しかし、この時の彼女の表情はあまりに痛々しい。

「サラお姉ちゃん……」

震える唇から言葉が零れる。

彼女が親愛の情を向ける、仲間の名。

ディン共和国のスパイチーム『灯《ともしび》』は、任務のためにライラット王国に潜伏していた。

――ライラット王国で革命を成し遂げる。

世界の三大国で秘密裏に進行している計画《暁闇計画《ノスタルジア・プロジェクト》》は、この王国で生まれたという。計画を掴むためには発案者と思《おぼ》しき首相に接近するしかないが、そんな真似《まね》は世界最高峰の防諜《ぼうちょう》工作員『ニケ』が許さない。

――《暁闇計画》を掴むためには、革命を実現しニケを無力化するしかない。

元々この王国は、貴族を頂点とした超格差社会が築かれている。

富める貴族と飢える庶民で二分された社会。そんな国から生まれた《暁闇計画》など不穏な予感しかしない。計画の内容次第では破棄させる必要もあり革命は必須。スパイの本分ではないが、飢える庶民を救うことにも繋《つな》がる。

しかし、その道のりはあまりに過酷だった。

「悪夢にうなされていたのか？」

寝汗で張りついたパジャマを摘まんでいると、入り口から温かな声がかけられた。

「……ジビアお姉ちゃん」

つい昨晩、合流した『灯』の仲間の名を呼ぶ。

『百鬼《ひゃっき》』のジビア――十九歳になった彼女は、白い髪を伸ばし、一年前よりも一層に精悍《せいかん》な顔つきになっている。少女らしい丸みを失った代わりに、アスリートのような鋭く硬く、しなやかな筋肉を身に着け、頼りがいのある大人の風格が漂っていた。

「シャワーで汗を流してこいよ。腕によりをかけまくった朝ごはんが待ってる」

一年間アネットと二人で活動していたので、ジビアとの朝は新鮮だった。

バゲットにチーズを載せて焼いただけの大雑把な料理。何をどう腕によりをかけたのか不明だが、口の中でとろけるチーズが悪夢に苛《さいな》まれた心を癒《いや》してくれる。

エルナ、アネット、ジビアの三人で朝食を摂《と》り、改めて情報共有を行った。

「この一年、エルナとアネットは、高等学校で地道に人脈を築いてきたの」

エルナの言葉に、パンを齧《かじ》るジビアが「スクールライフか」と笑う。

今回『灯』は四つの班に分かれている。クラウスいわく、革命を成すためには三つの要素が必要という。そのために少女たちを二人一組に分けた。

『煽動班』――革命を起こすために、民衆を煽動する。エルナとアネット。

『籠絡《ろうらく》班』――革命を鎮圧する軍人を籠絡し、革命を支える。ジビアとサラ。

『終局班』――革命を終結させるために有力者に根回しを行う。リリィとグレーテ。

『ニケ班』――他三つの班をライラット王国の諜報機関から守る。モニカとティア。

エルナは弁護士事務所のアルバイトや路上生活者の支援、あるいは高校の学友を通して、革命のための人脈構築に励んでいた。

「もう高校はやめたのか？」とジビア。

「ちょっとしたトラブルのせいなの。宿舎も出て、秘密結社に潜伏している」

「『義勇の騎士団』だったか？　名前は何度か聞いたかも」

「ここのアパルトメントを又貸ししてくれたのも彼らの同志なの」

エルナが知り合った、大学生主体の秘密結社だ。若さと行動力を武器に、王政府の汚職を糾弾するパンフレットを作成し、国中に配布していた。

「そこでエルナたちは、うまくやれていたのだけれど――」

「――『創世軍《そうせいぐん》』に目をつけられ、ぶっ潰されました！」

エルナの言葉を続けたのは、『忘我《ぼうが》』のアネット。大きな眼帯をつけた、灰桃髪《はいももがみ》の少女。

一年前より髪を伸ばし、元々あった浮世離れした凄《すご》みが増している。

アネットが不服気にマグカップに入ったココアを一気飲みする。

「俺様、もう少しマッタリ潜伏できると思っていたんですけどねっ！」

――ライラット王国の諜報機関『創世軍』。

他国のスパイや秘密結社を拘束し、腐敗する王政府を守護する機関。

エルナたちが潜伏していた秘密結社は、彼らに半壊させられた。

幹部の大半は捕まり、生き延びたメンバーだけでなんとか活動を存続させている。捕らえられた幹部から情報が洩《も》れ、結社の協力者たちも次々と捕まってしまった。

「今は生き残ったメンバーで、細々と活動を再開させたばかりなの」

「サラのおかげだな」

「姉貴が来なければ、最悪の展開になっていたかもしれませんっ！」

アネットがケラケラと笑った。

危うく全員拘束されそうになった瞬間に駆けつけてくれたのが、『草原』のサラだった。

彼女がニケを引きつけ、『義勇の騎士団』のメンバーを鼓舞し、窮地を救った。

――しかし、代償として彼女はニケに捕まってしまった。

『創世軍』が重要な証人をすぐに殺すとは思えないが、生きている保証もない。

不安に拳を握り込んでいると、ジビアが「気にしすぎるなよ」と笑った。

「キツイ展開には違いないけど、全く想定しなかったわけじゃないだろ」

「の……」

「仲間が捕まったパターンだって、ボスが用意してくれたしな」

任務直前、クラウスはあらゆる状況を考慮し、いくつかの取り決めを授けてくれた。もしもの時の逃走ルート、任務資金が尽きた場合、銃弾が尽きた場合、仲間が死んだ場合。

―――『万が一捕まった場合は、波打ち際《ぎわ》の巻き貝のように―――』

クラウスの言葉は一言一句欠かさず思い出せるが、不安は消えない。

「けれど……」

「とにかく――現状は革命の実現まで程遠いってことだ」

どこか明るい声音で話をまとめると、ジビアが大きく伸びをした。

そんな余裕のある振る舞いが、エルナには羨ましく思えてくる。

「やっぱり困難な道だよな。自明だけどさ」

「ニケの野郎が絶対に阻《はば》んできますからねっ」

アネットが何気なく発した名前に、エルナの肩は「――っ！」とビクついた。

今朝見たばかりの悪夢を思い出してしまう。

――『創世軍』の頂点に立つ女。

かつて世界大戦を終結に導いたスパイの一人。『世界最高のスパイ』と称された『紅炉《こうろ》』と共に暗躍した、ライラット王国の英雄。常勝無敗の謀神。

『義勇の騎士団』は、彼女に半壊させられた。

狙う相手を誘い込む「釣り《フィッシング》」を得意とする先見性。スパイに似つかわしくない圧倒的な人気、敵対組織さえ魅了する演説能力。最終手段である破格の戦闘技術。

加えてライラット王国の国民は、かつて王国を侵略したガルガド帝国を憎むよう、ニケに洗脳されている。社会に対する不満の矛先は王政府ではなく、帝国に向けられる。

――『市民革命が潰《つい》えた国』

多くの秘密結社が活動しながらも、そう呼ばれるには理由がある。

「……けど《暁闇計画》を摑《つか》むには、その不可能を覆《くつがえ》すしかない」

ジビアが力強く腕を組んだ。

「――無比の秘密結社『LWS《ラヴィス》劇団』を見つけ出す」

アネットが「俺様、唯一の突破口だと思いますっ！」と両手を高々とあげる。

そう、それこそが革命の鍵となる。

かつてこの国で暗躍し、二年前にブノワ国王を退位に追い込んだ秘密結社。『義勇の騎士団』含む多くの秘密結社に影響を与えている、まさに反政府活動家の希望。

この秘密結社は今も存続し、『創世軍』でさえ見つけ出せていない。

元より革命など『灯』だけでは無理なのだ。国で抵抗を続けている秘密結社の力を結集させ、大きな動乱を引き起こすしかない。

「王国で燻《くすぶ》る地下秘密結社の力をまとめて、この国の『不可能』をぶっ壊すぞ」

「不可能任務っ——俺様たちの専門分野ですっ！」

強く机を叩《たた》いたジビアの声に、アネットが晴れやかな笑顔で続いた。

力強い声に引っ張られるように、エルナも立ち上がった。

「……闘うの」

洟《はな》をすすり、赤くなった目で窓の外を見つめる。

窓から見えるのはピルカの街並み。遠くには王国の壮麗な宮殿が見える。現国王クレマン三世が暮らす、大衆の犠牲の上に成り立つ腐敗の象徴。

「王政府を転覆させ、収容されたサラお姉ちゃんを救う」

革命を成功させてしまえば、彼女を収容所から救うなど造作もない。

「——革命が成るまで、この任務は終わらない」

もはや退《ひ》けなくなった。この任務は失敗では許されない。

そうエルナは強く宮殿を睨《にら》みつけるが——。

「……………………………………………………」

強く滾るエルナは、何か言いたげなジビアの瞳に気づけなかった。

◇◇◇

三十年前、ライラット王国では万国博覧会が開催された。

世界中の最先端技術を結集させ、新たな時代の幕開けを祝福するそれは、科学技術だけでなく世界各国の文化や風習、民芸品なども展示され、世界の全てがそこにあるといっても過言ではない豪華な催しだった。過酷な大戦が起きるなど夢にも思っておらず、先進国が多くの植民地から富を集めていた幸福な時代のイベント。

――たとえ、それが植民地からの搾取《さくしゅ》を誇示する、最悪の展示会であったとしても。

ピルカ二区にある尖塔《せんとう》は万国博覧会の目玉だった。

最新の電動エレベーターが搭載された、高さ三百メートルの尖塔。ムザイア合衆国の高層ビルに抜かされるまでは世界で最も高い建物だった。万国博覧会の開催当時は頂点付近にある第三展望室まで上がることができ、訪問客の度肝を抜いた。

今――その第三展望室は『ニケ』の職場兼住居になっている。

尖塔は監視塔と化した。天空から彼女は首都を見下ろし、平和を脅《おびや》かす者を摘発する。

ニケはその仕事場に二人の部下を招いていた。

「今日からオレの直属として、ここで働くんだ――『アイオーン』、『キルケ』」

現実離れした美しさを有する女性は、にこやかに部下を案内する。

つま先から頭頂部までピンと張った真っすぐな骨格を持ちながら、ワイシャツの上からでも豊満な胸や美しい腰の曲線美が分かる。繊細な筆で描かれたようにウェーブを描く金《きん》髪《ぱつ》は強い日差しさえも凌《しの》ぐように煌《きら》めいていた。

「『創世軍』は人材不足で、見込みのある部下はオレ自ら指導する方針なのさ。前回『義勇の騎士団』摘発では素晴らしい活躍を見せてくれたからね」

彼女に微笑《ほほえ》みかけられ、二人の男女が頷《うなず》いた。

「破格すぎる待遇っすね。さすがにビビりますわ」

右こめかみに大きな骸骨のタトゥーを入れた、小柄な男が答える。『アイオーン』。小柄な男はニケの前だろうと動じず、余裕な態度を崩さない。

「光栄です。海軍から『創世軍』に引き抜かれて以来、待ち望んでおりました」

長髪を顔や身体《からだ》に巻きつけている女性が頬を赤らめる。『キルケ』。くぐもった声で答えつつ、熱のある視線をニケに送っていた。

ウットリしたキルケに「目が乙女やん」と嘲り、アイオーンは舌を出した。

「つーか、マジなんすね。自分らみたいな奴《やつ》を出世させるなんて」

「ん？」

「人材不足になった原因。怪談だと思いましたもん――多腕の男なんて」

アイオーンはへらへらと軽い口調で言ってのける。

「海軍時代に同僚から聞きましたよ？　二年前、突如訪れた多腕の男に『創世軍』の次世代を担《にな》う者が次々と殺されたって」

「『黒蟷螂《くろかまきり》』。帝国の工作員だよ」

ニケは声のトーンを落とした。

不愉快な話題らしく、溜《た》め息を漏らしながら首を横に振っている。

「まー、情けない話だよ。加えて『ディモス』というオレの弟子にも裏切られて、後手に回ったな。彼は元々帝国の人間だし性格が終わっているから、合衆国に飛ばして放置していたからね。裏切られても当然なんだけどさ」

機密情報でもなんでもないらしく、あっさりと語る。

かつて捕らえた帝国の凶悪な犯罪者を洗脳し、王国の工作員『ディモス』に育て、合衆国に派遣したという。だが彼は『紫蟻《むらさきあり》』という名を得て、ニケに牙を剝《む》いた。

「いずれアイツらは抹殺する」

ニケの瞳には強い憤怒《ふんぬ》の情が見て取れた。

無関係のアイオーンたちの肌がピリつくほどの殺気。

「とにかく──部下を手塩にかけて育てることにした。二度と殺されないように、二度と裏切らないように。オレの愛情を受け取ってくれたまえ」

「へーぇ、受け止めきれるかな」

「特にアイオーン君には期待しているよ」

肩を揺り動かすアイオーンの前で、ニケはテーブルに置かれた資料を掲げた。

「聞いたよ──キミは吸血鬼なんだって？」

資料には彼のデータが綴《つづ》られている。

王国西部の生まれ、四年前から海軍の情報将校として活動し、主にムザイア合衆国で諜報《ちょうほう》活動を行っていた男。相手の嘘《うそ》を見抜くことを得意とし、『創世軍《そうせいぐん》』に引き抜かれたあとは、王族を狙ったテロ行為──『エンポール事件』の犯人の一味を自ら拘束した。

特記事項には「捕らえた者の血を啜る」と記されている。

アイオーンは薄く笑った。

「瀉血《しゃけつ》っすわ」

「ん？」

「滞った血を抜かんと、王国中が腐り落ちるやろ。治療。抜いた血が不味《まず》かったら、この国がまた一つ健康に近づいた証《あかし》です」

ニケが「ほぉ」と微《かす》かに目を見開く。

隣では呆《あき》れたように「気味悪いですよね」とキルケが答えた。

「どの組織でも孤立していましたよ。加えて彼が狙うのは、女の生き血ばかりなので」

「構わないさ。オレは気にしない」

むしろ好ましいと言わんばかりにニケは笑いかけ、指をパチンと鳴らした。

「――『タナトス』」

「…………はい……」

彼女が合図を出した瞬間、空間の奥から陰気な顔の男が現れる。無精ひげを伸ばし、視線はどこを見ているのかも分からない。生気のない顔つきだ。

「オレの付き人だよ」とニケは紹介し、そのままタナトスの首を後ろから乱暴に鷲摑《わしづか》みにした。指先で頸動脈《けいどうみゃく》を押さえている。タナトスの顔が異様な赤さに変わっていく。命の危機に瀕《ひん》しているが、彼はどこか嬉《うれ》しそうに頬を緩めていた。

「ふふ、朝っぱらからお盛んだね」

「あ……ニ、ニケ様が首を絞められるからぁ」

「ほら、新しい部下にキミの痴態を見てもらうといい。もう興奮しているじゃないか」

「ん…………んんっ！」

蕩《とろ》けるような甘い声を出し合う二人。

突然に繰り広げられた奇行に、アイオーンが「何を見せられているんや」と呟《つぶや》き、キルケは「次は私も」と媚《こ》びる。

「有能ならば変態だろうと大歓迎ってことさ」

タナトスがいよいよ息絶えかけた瞬間、ニケはテーブルの上に放り投げ、天板に這《は》いつくばる彼の身体に腰を下ろした。大きな尻で彼の後頭部が潰される。

「最初の仕事だ――『LWS劇団』の連中を、オレの尻の下に連れて来い」

ニケが指示を下した瞬間、アイオーンたちの顔つきが引き締まる。

『灯《ともしび》』と『創世軍』の闘いは、激化の一途を辿《たど》っていく。

1章　解答

新生『義勇の騎士団』のアジトは、ピルカ二十区の繁華街の地下にある。

前代表であるジャンが先々代から譲渡された、奥の手の避難所だ。かつては採石場だったという。通気性は悪く電気も通っていない。広さもせいぜい部屋二つ分くらいだが、本来の意味で地下秘密結社になり、組織の秘匿性は増した。

そのアジト最奥《さいおう》では、踏ん反り返るエルナの前に五人の若者が集まっていた。

天井に吊《つ》るされたランプの下、最高幹部によるミーティング。

「エルフィン様、本日の報告でございます」

「ん、端から行え」

エルナが顎で指示を出すと、五人の最高幹部が順に報告を始めていく。

いずれも二日前まで大学生だった者たちだ。『創世軍』に狙われ、今はこの地下で生活している。中には、前代表のジャン＝モンドンヴィルの姿もある。誰よりも熱心に活動に励む、実直そうな顔つきの男だ。

五人からそれぞれの活動成果を聞くと、エルナがくわっと目を見開いた。

「――ダッメダメなのっ‼」

「「「「――――‼」」」」

幹部たちは突然の大声に呆気《あっけ》にとられる。

バン、と強くエルナがテーブルを叩《たた》いた。

「まず報告があったキャンベル印刷所っ‼　ここは二年前、既に王政府の検閲局から指導を食らっている！　とっくに『創世軍』に目をつけられてるっ！」

鋭いダメ出しに、報告したジャンが弁解を始める。

「だ、だからこそ主人は反政府思想を抱いたと――」

「それこそが『創世軍』の手法！　釣り《フィッシング》！　『自ら協力を申し出る者をスカウトするな』

――それが新生『義勇の騎士団』のルールっ！」

エルナも強く言い返す。彼らに言われるがままに活動し、かつて手痛い失敗をした。

その反省を踏まえ、エルナは強く訴えた。

「この薬学部の学生が新開発してくれたインクは良い。けど薬局で手に入る材料じゃないと活動には使えない！　そして、鉄道のトイレに細工して文書を運ぶ手法。これは二か月前、同じ手法で捕まった活動家がいる。前例くらい把握しておちぇ！」

「噛《か》んだ」「慣れない早口で話すから……」「可愛《かわい》い……」

幹部たちの頬がふわっと緩む。

年下のエルナのキツイ口調を受け入れるのは、この不慣れ感が理由。

エルナは「……っ」と一瞬恥ずかしそうに狼狽《うろた》えたが、懐中電灯を点《つ》け、アジト最奥の壁に大きく貼りだされたポスターを照らした。

ポスターには、茶髪の可愛らしい少女がどこか神々《こうごう》しいタッチで描かれている。

「英雄サッラー＝オネーチャ様の前で冷やかすなっ‼」

「「「「――――――っ」」」」

「サッラー＝オネーチャ様こそが自らの命を犠牲に、我々を救いだしてくれた聖人！　全人類のお姉ちゃんっ‼　あのニケと互角に渡り合った王国民の希望っ‼」

茶髪の少女のポスターが示された途端、幹部たちの顔が引き締まる。

サッラー＝オネーチャことサラは、『義勇の騎士団』のメンバーにとっては最早《もはや》ヒーロー。壊滅寸前の組織を救い、消えかけた闘志を再び呼び起こしてくれた。

エルナはポスターをばしんと叩いた。

「サッラー＝オネーチャ様のために動けなのおおおっ‼」

幹部たちは「サッラー＝オネーチャ様ぁっ！」と叫び、拳を掲げた。

そして彼らは鼻息を荒くし、別部屋に向かう。情宣活動と勢力拡大の会議を始めるのだ。士気は高い。次こそは素晴らしい成果を挙げてくれるだろう。

——というミーティングを、アネットとジビアは冷めた目で眺めていた。

「俺様、いつ見ても慣れません」

「サッラー＝オネーチャってなんだよ」

二人同時にツッコミを入れる。

秘密結社『義勇の騎士団』は大きく形を変えていた。

かつてはニコラ大学とその学生寮を中心に、熱心な幹部が五十名、協力者が千人以上という規模の結社であったが、幹部の大半が拘束され、協力者もかなり失った。現在は十名程度の幹部で再始動。少ない協力者から援助を受け、細々と協力者勧誘を行っている。

新しくエルナが代表になったのも大きな変化の一つ。

機密性を高める術《すべ》を授けると共に、組織の団結力を高めるため、共通の恩人であるサラをシンボルにした。視覚的に訴える手法は政治結社がよく用いる手法。彼女自身は逮捕されているので似顔絵を使用してもデメリットが少ない。

一仕事を終え、エルナは得意げに腕を組み、テーブルの端にいる仲間を見つめた。

「アネット」

「ん？」

椅子に座るジビアと、その首に腕を回してしがみつくアネット。

勝ち誇るようにエルナはせせら笑った。

「お前、ジビアお姉ちゃんに甘えすぎ」

「…………っ‼」

アネットが言葉にならない呻《うめ》き声を漏らした。

彼女にしては珍しい動揺の素振りを見て、エルナはぷぷっと笑う。

「ふふん。なんだかんだお前も寂しがっていたとみたの」

「………………………」

アネットはジトッとした目で睨《にら》み返すと、ジビアの「登るな」という声を無視し、無理やり背中を登る。肩車の体勢になると、ジビアの頭を抱えるように抱きしめる。

「……逆にエルナちゃんは甘えたくならないんですか？」

「──っ‼」

「ならジビアの姉貴は、俺様が独占しますっ！」

「〜〜〜〜〜〜〜〜‼」

今度はエルナが動揺する番。

腕を振り回し「エルナは真面目に働いているのに！」と反論し、アネットは「あのママゴトみたいな演説が？」とからかう。挟まれたジビアが「はいはい、ケンカするな」と宥《なだ》めるが、お構いなしに口論が勃発。

一年間ずっと仲間と別れて活動してきた二人である。

やはり合流できた仲間とは、必要以上に触れあいたくなる。

――閑話休題。

しばらく賑《にぎ》やかにべたべたと身体《からだ》を叩き合ったところで、三人はテーブルを囲んだ。

学生の幹部たちには任せられない大きな使命があった。

「作戦会議だ――『LWS《ラヴィス》劇団』を見つけるための」

ジビアの言葉に、エルナとアネットが同時に唇を固く結ぶ。

ジャンたちに情宣活動をさせているが、正直、革命を起こせるほどの成果は望めない。

大きなムーブメントを起こすには、強い力を有する秘密結社と手を組むしかない。

アネットが気だるげにテーブルの上で伸びをする。

「俺様たちが握っているのは、サラの姉貴の情報だけですねーっ」

「正直、今どんな目的でどう動いているのかも不明なの」

サラが情報を集めて、別場所にいるグレーテに推理してもらった成果。

――『ＬＷＳ劇団』はブノワ前国王を退位に追いやった。

――『ＬＷＳ劇団』はベルトラム炭鉱群でストライキ運動を煽動《せんどう》した。

――『ＬＷＳ劇団』のシンボルは花火である。

サラはその推測をニケにぶつけ、見事反応を引き出した。これらの情報は真実だろう。

だが逆に言えば、それ以上の情報はなかった。ストライキに関わった者とは接触できない。全員『創世軍《そうせいぐん》』に捕らえられたか、国王親衛隊に殺されたか。

しばしの沈黙が生まれたところで、エルナが胸を張った。

「ここでエルナの出番なの！」

「ん？」

「エルナの一年の頑張り――反政府思想者リストを使うの」

テーブルの中央にどんと資料を置いた。反政府思想の持ち主と思われる人物の住所、連絡先、親族や財産に関する情報が記されたリストだった。

ジビアが手に取って、お、と目を見開く。

「これ、どこで？」

「エルナが半年以上、弁護士事務所でコツコツ集めたリストなの」

ライラット王国に潜入して最初の一年、彼女は高等学校に通う学生のフリをして、こっそり弁護士事務所でアルバイトに精を出していた。

あらゆる仕事を拒まないガブリエル＝マシュ弁護士事務所には、王政府に刃向かった反政府活動家の依頼が多く持ち込まれる。そこで仕入れた情報を少しずつ持ち帰り、マイクロフィルムに転写し、持ち運べるようにしていた。

かつて活動家のジャンと通じ合えたのも、このリストのおかげだ。

「過去、国王親衛隊や『創世軍』に反政府思想を理由に職や財産を奪われた人たち。彼らやその親族は王政府を憎んでいるし、反政府活動をしていてもおかしくない」

「思いっきり個人情報が漏洩《ろうえい》してんな……！」

「中には『ＬＷＳ劇団』のメンバーがいるかもしれないの」

時間はかかるだろうが、片っ端から当たっていけば見つかるかもしれない。

そうでなくてもジャンのように秘密結社の一員と接触できる可能性もある。他の秘密結社と繋《つな》がれば、多くの手がかりが得られるかもしれない。

このリストは、エルナの反政府活動を支える生命線。

どうだ、と言わんばかりに二人の反応を見る。

「「…………」」

が、二人とも渋い顔でリストを見つめるばかりだった。

首を捻《ひね》って「な、なんなの？」と尋ねる。

アネットが「俺様っ、楽観的すぎだと思いますっ」と手を挙げた。

「は？」

「そもそも『ＬＷＳ劇団』は『創世軍』が見つけられない秘密結社ですよ？」

「そ、それは分かっているけど」

「普通の探し方で見つかるわけがありませんっ」

「――――」

反対意見が届いて、エルナは口を噤《つぐ》んでしまった。

アネットがやけにしっかりと意見を主張してくる。もしかしたらサラに言われた『二人で協力して』というアドバイスを受け入れたのか。

その変化は好ましいが、ぶつけられた意見は鋭い。

「というか、さっきエルナちゃんが『一度、マークされている人間は止《や》めた方がいい』って言ったばかりですけどねっ」

更なる正論に、うぅ、と唸《うな》ってしまう。

実際このリストを元に知り合った『義勇の騎士団』の動きは、ほとんど『創世軍』に筒抜けだった。

「……それは分かるけど、そ、そんなこと言ったら……」

トーンダウンさせた声で伝えた。

「……『LWS劇団』なんて、エルナたちには見つけようがないの」

王国に長年君臨し、世界最高峰のスパイである『ニケ』でさえ掴《つか》めない組織。

彼らと接触できなければ、囚《とら》われたサラを救えない。でも、どうやって？

◇◇◇

同時刻ピルカ中央に建つ尖塔《せんとう》で、アイオーンも同じ難題に向き合っていた。

まずはニケから渡された資料を読み込む。

――『LWS劇団』は謎が多い。

二年半前に突如生まれ、半年間活動を続けた。代議院議員や選挙人の周囲で工作を繰り返し、ブノワ国王と彼を支持する王党派議員を孤立させる。上流階級同士での権力闘争を煽動し、元々高齢でもあったブノワ国王は退位を決断。甥《おい》のクレマン三世に王位を譲る。

『LWS劇団』の代表と副代表は既に死んだ——資料にはそう記されている。

彼らが何者なのかは、資料で示されていない。

現在は残った者だけで活動を続けているようだ。代表が残した技術を周囲に広め、稀《まれ》にストライキを支援し、花火を打ち上げる。その狙いは不明。

「……いくつか情報を伏せているやろ。ニケ様」

アイオーンが文句をつけると、隣で着替えをしていた半裸のニケが微笑《ほほえ》む。この尖塔で生活する彼女は、朝支度もここで行う。

「どうしてそう感じるんだい？」

「そもそも脅威やない。代表が生きていた時ならまだしも、今は無力やろ」

「いやいや。秘密結社により国王が退位せざるを得なかったなんて、王政府には汚点もいいとこさ。広まれば秘密結社も活気づく。それを知る彼らは仕留めないとね」

「ニケ様自ら追うレベルか？」

アイオーンは着替えるニケを視界から外しながら文句をつける。

ちなみに相棒のキルケは、ニケの命令でタナトスの顔に目隠しをしている。微妙にタナトスの息が荒い気がするが、無視。

「もっと下《した》っ端《ぱ》に任せたらどうです？　無理なら、その理由を明かしてくれんと」

「まさか一から十まで国家機密を教えろと言うつもりではないだろうね？」

ニケがからかうように笑ってウィンクを送ってくる。

「最低限の情報で成果を出せ。キミの実力が見たい」

「……人使いが荒い」

「オレだって忙しいんだ。国王から『護衛に来い』との御命令だ。テメーが死のうと、この国は一ミリも揺るがねぇってのにね」

外部に漏れたら大問題の暴言。

国王への忠誠心はないんやな、とアイオーンは意外そうに独り言《ご》ちる。

「『LWS劇団』の名を伝えなければ、親衛隊は自由に動かしていい。オレの名を使え」

一工作員とは思えないほどの絶大な権力。

改めて愕然《がくぜん》とするアイオーンに、ハイヒールに足を通したニケが告げる。

「キミのワガママに応え、機密情報を一つくらい教えてやろう」

「温情感謝しますわ」

「国内には現在『LWS劇団』を除けば四十七個の秘密結社が活動している。大小様々だが、横の繋がりも持っている。情報交換も盛んだ」

「……なるほど。では一つずつ探っていけば――」

「『創世軍』は四十七の秘密結社全てに工作員を潜り込ませている」

あっさりと明かされた事実に、アイオーンの口から笑みが消える。

ニケは「それを知るのはオレだけだけどね」と手を振った。

「駆除から飼育に切り替えた。活動を盛り立て、おだてて、暴れさせ、躾《しつ》け、希望をちらつかせる。先日の『義勇の騎士団』もとっくに掌握していた」

「………………」

「この国の反政府勢力は既にオレの傀儡《かいらい》さ」

アイオーンはしばらく口が開けなかった。

――『王政府&「創世軍」&王国軍』VS『地下秘密結社&他国のスパイ』

この構図を『創世軍』の工作員でさえ信じ込んでいた。

ガルガド帝国を中心とする他国のスパイは地下秘密結社と繋がり、王政府を脅す。秘密結社は革命を実現させるためスパイを利用し、『創世軍』に立ち向かう。『創世軍』はその摘発に手を焼いている――そう誰もが思っていた。

だが勝負など、とっくに決着していた。

ニケは全てを掌握し、反逆者を泳がせているに過ぎない。

「……神やろ、アンタ」

ようやくアイオーンの口から漏れたのは、感嘆。

ニケはぴくりとも表情を変えなかった。

「それでも『LWS《ラヴィス》劇団』は見つけられないんだけどね」

「ホンマ何者なんです……？」

「それを調べるのはキミたちの役目さ」

そう短く伝え、ニケは来たばかりのエレベーターに向かった。遅れてタナトスが目隠しを外して向かうが、閉まる扉に間に合わず転倒する。

項垂《うなだ》れるタナトスを無視し、アイオーンは肩を竦《すく》めた。

「早速えげつない難題やな」

「でも策はあるんでしょう？」キルケは挑発的に笑った。「アイオーン？」

「当然やろ」と返事し、残された資料をナイフの先で突《つっ》く。

示したのは、ピルカの隣街にある中規模の秘密結社。

アイオーンは首の後ろに手をやりながら口にする。

「目標は完全解答――国王親衛隊のお手並み拝見がてらダニの巣を二、三、ぶっ潰そか」

◇◇◇

早速会議に行き詰まったところでエルナがバシンと机を叩《たた》いて立ち上がった。

「こ、こうなったら手段は一つだけなの！」

頭がパンクしそうでクラクラする中、早口で主張する。

『創世軍《そうせいぐん》』の本部に突撃なのっ！　もう失敗を恐れない！」

逆に他の手段が浮かばない。この国で誰よりも秘密結社に精通する『創世軍』が掴めない『ＬＷＳ劇団』を当てもなく捜して発見できるものか。

サラも言ってくれた。自分には仲間がいる。リスクを冒してもカバーし合える。

今はとにかくサラを救うため迅速に動かねば。

「全勢力で押し入って、機密情報を――」

「いーや、焦《あせ》んなって」

ジビアがエルナの頭に優しく手を置いてきた。

「さすがに無謀すぎ。任務の中心がパニックになるな」

彼女の温かな手の温度を髪越しに感じながら「……で、でも」と言葉を零《こぼ》していると、ジビアが「とりあえずさ」と頭をぽんぽんと叩いてきた。

「の？」

「あたしは、このガブリエル弁護士と会ってみてぇな」

エルナが用意したリストを示しながら、得意げに提案してくれる。

ガブリエル弁護士と会うのは、そう難しくなかった。

エルナの元バイト先。勝手は把握している。彼は毎日、弁護士事務所で働いている。

ただ迂闊《うかつ》に接触すれば、彼が『創世軍』に密告しないとも限らない。

ジビアの力を借りて、エルナの署名入りの手紙を直接ポストに投函《とうかん》。『誰にも連絡せず、すぐに来てほしい』と。彼の動きは全てアネットが監視。手紙を見つけた彼は目を丸くし、さっそく出かける準備を始めた。電話や書き置きをする様子はない。

『義勇の騎士団』が協力者名義で契約したアパートに、彼はやってきた。

似合わない髭《ひげ》を伸ばした、赤髪《あかがみ》の弁護士。三十四歳の妻帯者。よく言えば人が好《よ》さそう、悪く言えば弱々しい顔つきの、無欲な男。

エルナの姿を一目見るなり彼は目を丸くした。

「キ、キミッ、なんだかとんでもない事態に巻き込まれてない⁉」

上ずった声で早口に話し始める。

「僕のところに『創世軍』の連中がやってきてね！　あ、うん……知る限りの素性を話しちゃったよ。恐《こわ》かったから……本当に、ガ、ガルガド帝国のスパイなの？」

やはり彼の方にも『創世軍』は手を回していたらしい。

かけた迷惑を謝り、まず「違うの。そう誤解されただけ」と弁明する。彼に全ての事情は明かせない。路上生活者支援の最中に争いがあっただけ、と説明。

「それでガブリエル先生には――」

エルナが本題に入ろうとした時、彼は「え」と声を漏らした。

まるで部屋を這《は》う虫のように、ササッと後ずさりをして壁に背をつける。

「も、もしかして……困るよ！　さすがにキミを匿《かくま》うのは無理！　僕は弁護士であって、活動家じゃないんだっ！」

まだ何も言っていないのに、頬が引きつって声が震えている。

「先生はたくさんの反政府活動家の訴訟を引き受けている。知り合いはいないの？」

「弁護を引き受けるだけっ！　紹介なんてできない！」

「『LWS劇団』という名は？」

「知らないっ！　知らない！」

ほとんど金切り声で主張する。

この調子で裁判に臨めるのか、と心配になるが、そういえば元々強い弁護士ではなかった。被疑者にとって『雇わないよりマシ』『少しでも減刑できれば儲《もう》けもの』程度の男。

彼が秘密結社の情報を握っていればよかったが、そう都合よくはいかないようだ。

エルナが困り果てていると、横から助太刀が入った。

「いーや、違うんだって。先生」

ジビアだった。爽やかな笑顔で語りかける。

ガブリエルは屈託のない態度に、少し警戒を解いたように、ん、と注意を向ける。

「あたしらは『創世軍』の誤解を解きたいだけ。反政府活動なんて興味はない」

「え……そうなのかい？」

「彼女はただの真面目な留学生なんだ。それを証明するために手を貸してくれよ？」

「うーん……まぁ、それくらいなら……」

彼の態度が軟化した。悩まし気に腕を組み「でも、どうやって？」と首を捻《ひね》っている。

「ボランティア」

ジビアが得意げに口にする。

「先生の顧客はさ、みんな、酷《ひど》い目に遭ってきたんだろ？　今も困ってんじゃないかな」

「うん、僕は弱いからね！　大して役に立てなかったから」

なぜか誇らし気に肯定するガブリエルに、ジビアは楽し気に提案をぶつけた。

「――だからさ、あたしらは彼らの困り事を解決したいんだ」

はぁ、とぼんやりと息を吐くガブリエルの横で、エルナは訝《いぶか》しがる。彼女の狙いをまだ聞いていなかった。本当なのか、と思ってしまう。

奉仕活動――『ＬＷＳ劇団』発見という難題に対する、ジビアの解答。

それがなぜ『ＬＷＳ劇団』に繋《つな》がるのか全く見えてこなかった。

2章　剽軽《ひょうきん》

ガブリエル弁護士と会ってからのジビアの行動は理解できなかった。

――二週間、人を救うだけ。

対象は、警察や親衛隊に反政府活動を疑われ、職や財産を奪われた者やその家族。

ジビアは彼らを訪ねて「何か困っていないか？」と聞き出す。最初は怯《おび》えたように追い返そうとする者も多いが、ジビアが人当たりのいい笑顔を見せると相手は警戒心を解いた。

「事件を契機に他の親族と疎遠になってしまった」

そう頼まれれば、ジビアが言われた親族の家に手紙を届け、橋渡しをする。

「息子が職を失ってしまった」

そう嘆く相手には、ピルカにあるディン共和国の小売会社と話をつけ、職を紹介する。

「賠償金が払えず、多額の借金を負って毎日泣いている」

そう泣きつかれれば、ジビアが相手と接触し支払い減額の交渉を進める。

反政府絡《がら》みだけではない。小さな隣人トラブル、警察が相手にしてくれなかった投資詐欺、夫から暴力を受ける女性へのシェルター紹介、遠方にいる祖母の介護手伝い――ジビアを中心にアネットとエルナが手分けして、次々と引き受けていった。

トラブルを解決できたのは、ジビアに多くの伝手《つて》があったからだ。

「最初の半年間は、世界各地の王国海軍基地を訪問していたからな」

彼女はそう明かしてくれた。

「国外まではニケの監視も完全に行き届いていない。軍人の繋がりから国王親衛隊の情報を仕入れて、革命に協力できる人物を探っていたんだ」

彼女とサラは、王国の治安部隊『国王親衛隊』に対する働きかけの役割を担《にな》っている。

王国内だけでなく、植民地などの基地も訪問していたらしい。

「もう半年は、サラと一緒に国内で親衛隊の動きを探っていた。偶然を装《よそお》って直接仲良くなったり、家族の困りごとを解決したりしてな」

「ジビアお姉ちゃんとサラお姉ちゃんらしいの」

「その結果、たくさんの友人ができたんだぜ？」

ジビアとサラの人当たりの良さは、エルナも知っている。特にジビアは誰とでも仲良くなれる気質の持ち主だ。明るく素直。

だが、エルナはまだ分からなかった。これがどう『ＬＷＳ劇団』に繋がるのか。

午前にも一件人助けを終え、昼間の道を進んでいると、突然、コート姿の二人組に話しかけられた。人目を避けねばならないエルナはさっと顔を伏せる。

「なぁ、嬢ちゃん。ちょっと依頼だ」

二人組の狙いはジビアのようだった。

ジビアは「あいよ、兄さん」と慣れた調子で返答する。

二人組は小声で「例の発砲事件だが目撃者は……」と喋《しゃべ》り出し、ジビアに金を握らせた。

いかにも怪しい会話だったが、内容に聞き耳を立てると彼らの職業を察した。

二人が去ったあとでジビアに尋ねる。

「もしかして刑事さんとも知り合いなの？」

「おう。ちょっと関わったことがあって。情報屋紛《まが》いのことをしている」

あっさり明かされ、開いた口が塞がらなかった。

潜伏先の警察と仲良くなるなど、スパイとしてかなりの強心臓。

「まぁあの人ら多分、刑事じゃなくて『創世軍』の工作員だけど」

「のぉっ⁉」

「立ち居振る舞いからそう感じるってだけ。大丈夫、怪しまれてねぇよ」

快活に笑うジビアを見て、エルナは唇をほころばせた。

ようやく彼女の狙いが分かった。

「な、なるほど。『創世軍《そうせいぐん》』の信用を勝ち取って、サラお姉ちゃんを助ける情報を――」

「違うが？」

「……の？」

「あの人ら、下《した》っ端《ぱ》だもん。どうせ何も知らねぇよ」

ジビアは心外と言わんばかりに首を横に振り、前へ進み出す。

やはり彼女の狙いが分からなかった。

彼女は次の依頼先に向かうため、路地を進んだ。ガラス屋根で覆われた細い小道に入っていく。ガラス屋根には蔦《つた》が伸び、陽《ひ》の光を遮っていた。

近道のために更に小さな小道に入った時、暗がりで「おい」と声をかけられた。

「アンタ、奉仕活動に興味があるのか？」

背が高い少年だ。労働者階級らしく煤《すす》けたズボンを穿《は》いている。

「オレは『変革戯曲《へんかくぎきょく》』の一員。このピルカ十二区を拠点にする、地下秘密結社だ」

話しながらも周囲を隈《くま》なく観察している。

「単刀直入に言おう――アンタが欲しい。警察や親衛隊の知り合いも多いんだろ？」

『変革戯曲』の名にエルナは背筋を伸ばしていた。活動員は数百を超えると言われる、歴史ある秘密結社だ。労働者階級から支持があり、幾度となくデモを煽動《せんどう》した実績がある。

思わぬ味方が現れ、エルナは改めて納得する。

(そうか。ジビアお姉ちゃんの本当の狙いは、他の秘密結社と繋《つな》が――)

「――断る」

ジビアが即答する。

へ、と『変革戯曲』の少年とエルナは同時に声をあげた。

「そういうのは勘弁。ま、バレバレの尾行をやめてくれれば、飯くらい届けてやるよ」

ジビアは爽やかに彼の肩を叩《たた》き、その横を素通りしていった。

少年は「そうか、どうも……」と呟《つぶや》き、なんとも言えない顔で去っていった。

エルナは数秒迷ったあと、慌ててジビアを追いかける。

意図がまるで分からなかった。

二週間、ただの人助け。人脈を築けたことは素晴らしいが、それをまるで活《い》かそうとしない。見つけられた『創世軍』の工作員も秘密結社も表面上の付き合いのみ。

「ジビアお姉ちゃん、時間がないの……!」

彼女に追いつき、腕を引いた。

「もしサラお姉ちゃんが生きていたら、とっくに意識が回復している。尋問が始まっているはずなの。精神に異常をきたすような自白剤を盛られているかもしれない」

想像するだけで体温が下がる気さえした。

一刻も早く駆けつけなければならない。余計な人間を助けている場合ではなかった。

「今は少しでも情報を──」

「──あたしが」

ジビアが振り返り、強い眼差《まなざ》しを向けてきた。

え、と尋ねる前に睨《にら》むような視線と言葉をぶつけられる。

「あたしが焦《あせ》ってねぇと本気で思っているのか?」

「…………っ」

反射的に息を止めていた。

彼女が覗《のぞ》かせた苛立《いらだ》ちに強い熱を感じ取った。隠していただけなのだ。

睨んだことを謝るようにジビアは視線を外し、頭を掻《か》いた。

「……悪いな。今は年長者のあたしが一番冷静でいなきゃいけないのに」

「あ、いや」

「ごめんな。実は、一個隠していることもあるんだ。今のお前たちには伝えられなくて」

ジビアの顔に影が差した。

「――一週間前にリリィも捕まっている」

話す彼女の顔は今にも泣き出しそうだった。

「……グレーテから報告があったんだ。国王親衛隊にリリィが拘束された」

僅かに肩が震えていた。

身を焦がすような苦悩を彼女は一人で抱えていたようだ。

ジビアとリリィの友情は、エルナも見てきた。『灯《ともしび》』結成以来ずっと笑い合い、ふざけ合っていた二人。きっとそれは『悪友』という言葉が当てはまるはずだ。

「本来は一秒だって早く駆けつけてぇよ。リリィとサラが捕まってんだぞ……！」

「じゃ、じゃあ――」

彼女の焦燥は理解できたが、行動のちぐはぐさが納得しきれない。

「どうして、人助けを……？」

エルナがぶつけた問いに、ジビアは静かな視線で見つめ返してくる。

◇◇◇

二週間の捜査を経て、アイオーンは尖塔《せんとう》の職場で頭を掻いていた。

ニケの名を借り国王親衛隊を動かした。ピルカ近辺で活動する中規模の反政府結社を三つ、トップから下っ端に至るまで二千人以上のメンバーを拘束し、収容所に押し込んだ。今捕らえている人間の尋問を後回しにさせ、全員を尋問。一人一人を呼び出し、生い立ち、人間関係、活動中に見聞きした噂《うわさ》まで念入りに吐かせた。

ようやく半分が終わったが、『ＬＷＳ劇団《ラヴィス》』に繋《つな》がる情報は一切出てこない。

「…………見つからんか」

上がってきた数百枚以上の報告書を眺め、アイオーンは息を吐いた。

秘密結社同士の繋がり、あるいは上下関係がハッキリと示される。彼らが挙げる秘密結社は全てニケが把握していたが、肝心の『ＬＷＳ劇団』は見えてこない。

ここまで見えない存在には舌を巻くしかなかった。

『優秀な人材を紹介してくれた』『二年前、偽造した官庁の印鑑を譲ってもらった』

稀《まれ》にそんな情報は出てきたが、今の『ＬＷＳ劇団』については誰も知らない。「二年前に無くなったと聞きました」という証言がほとんど。

テーブルに足を載せ、キルケと共に資料を読んでいると、ニケが訪れてきた。

「盛大な空振りをやらかしているそうじゃないか」

この日は、首相官邸に潜り込もうとした帝国のスパイを自ら抹殺してきたらしい。

戦闘はあったはずだが、顔に疲労は見えない。

「オレが泳がせていた結社も潰しちゃってさ。親衛隊からも不満は上がっているよ？」

「把握しとりますよ」

「正直責めたくはないよ？　オレだって見つけられない結社なんだから。そう簡単に成果を挙げられちゃぁ、立場がない」

にこやかに手を振ったあとに、微《かす》かに目を細めた。

「――申し開きもないのかい？」

顔には笑顔が張りついているが、僅かな苛立ちが見て取れた。

二週間まるで成果を挙げられなかった事実を咎《とが》めているらしい。どころか、かなりのリソースを割いてしまったことを。

「……血の臭《にお》いがする」

ニケが唾棄するように口にした。

「捕らえた女の血を飲んだのか？　趣味に費やしている暇はないはずだが？」

アイオーンはポケットから小瓶を取り出し、見せつけるようにテーブルに転がした。

黒々とした赤い血液が詰まっている。

尖塔のフロアに冷たい沈黙が流れる。

ニケの背後には、当然のようにタナトスが立っている。普段気力のない彼もまた、ただならぬ気配を感じたのか「なんて不遜な……」と怯《おび》えるように口元を押さえる。

アイオーンは血の入った小瓶を振りながら答えた。

「確認っすわ。ニケ様の言葉が本当なのか」

「『LWS劇団』の情報、真実でしたね。正攻法じゃ見つけられない」

「……？」

ニケの頬がぴくりと動いた。

「──オレを疑ったのか？」

彼女の下半身が揺らいだと思った瞬間には、大気が唸《うな》るように揺れ、気づけばアイオーンの眼前にはニケの美しいヒールが輝いていた。神速の回し蹴り。

蹴りはアイオーンの顔面を砕く前に、寸止めされた。

生み出された風だけが静かにテーブルの報告書を揺らがせた。

「………大した度胸だ。そこそこ本気だったんだけどね」

ニケの脅しに構うことなく、アイオーンは表情を変えずに、テーブルに足を載せたまま資料を眺めている。寸止めだと完全に見切っている。

「ニ、ニケ様にそんな態度……」

タナトスが慌てたようにアイオーンに詰め寄る。

「さすがに許されな――ぐふぉっ」

その顎をニケに軽く殴りつけられ、タナトスは苦悶《くもん》の声を出し、床に倒れ込んだ。

アイオーンはタナトスに一切反応せず、資料をテーブルに置いた。

「『ＬＷＳ劇団』が見つからない大きな理由。その対処に時間を割いたんですよ」

「どういう意味だい？」

「言うまでもないでしょ」

うんざりとした顔でアイオーンは語る。

まず彼が関心を抱いたのはニケが『ＬＷＳ劇団』の捜査を限られた人数でこなしていることだ。ニケ自ら動くほどの重要事項にもかかわらず、決して人数を割けない。捜査に取り組むアイオーンさえ得られる情報が制限されている。

その現状を作り出している相手は、大体想像がついた。

ニケに圧力をかけられる権力者など、この国には限られている。

「あの愚鈍な王党派連中の圧力ですね？」

「ほぉ？」

「察しますよ。『ＬＷＳ劇団』にいっぱい食わされた事実を隠蔽しようと、体面を守るために捜査に制限をかけている。そんなところでしょ？」

アイオーンの言葉に、ようやくニケは顔を綻ばせた。

「――ご名答。最悪、無視してもいいんだけどね」

「すればいいのに」

「微妙なバランスさ。莫大《ばくだい》な国家予算を『創世軍《そうせいぐん》』が得るには、多少の機嫌取りが要る」

「そんな心配はもう要らないっすよ」

アイオーンは、ポケットから更に八つの小瓶を取り出した。

既に赤い血液が満たされている。採取したばかりの鮮血が小瓶の中でおどろおどろしく不気味に揺らめき、鈍く照明の光を反射していた。

「――既に全員脅迫しておきましたから」

ただの血液だと言えば、それだけの話。

しかしアイオーンが採取したのは、捕らえた活動家たちの血。

国民の生殺与奪の権を握る『創世軍』の証明。いかなる手段も辞さない、暴力の形。

ニケが眉を顰《ひそ》める。

「………………何をした？」

「聞かない方がいいですよ。部下の独断専行。処分されるのは自分だけや」

「最悪の部下だな」

「ただ許可は出ましたよ。王党派議員の八人から『アイオーン、キルケの両名に機密情報を開示してよい』と。これで、ようやくまともに捜査ができますね」

アイオーンはひらひらと許可状をこれ見よがしに見せつける。

「無茶苦茶な男だ」ニケは不愉快そうに腕を組んだ。「王党派議員の許可があろうと、何を話すかはオレが決める。『創世軍』の指揮権は干渉されない」

「もちろん。あとはニケ様の判断に委ねます」

ニケは息を吐いて、アイオーンの正面に腰を下ろした。

「……分かった。キミの献身に報いて一つ機密情報を明かしてやろう」

「懐《ふところ》が広い上司で助かります」

「もう一つあるのさ——『LWS劇団』が見つけられない理由」

アイオーンは資料を投げ捨てるように置き、テーブルから足を下ろした。

「『LWS劇団』はな——創設者が剽軽者《ひょうきん》なんだ」

「は？」

ニケの説明に、アイオーンは戸惑いの声をあげた。

キルケも不思議そうに首を捻《ひね》っている。これまでの『LWS劇団』の実績と現状を考えれば、あまりに見合わない評価だった。

ニケは「もっと分かりやすく『バカ』って言い換えていい」と手を振った。

「真面目に活動資金を集めていたと思ったら、高級ドレスに無駄遣いする。官僚を籠絡《ろうらく》する計略を企てていると思ったら、その計画をあっさり放棄し、困った老婆を手助けしている。爆薬を集めて何をするのかと警戒したら、盛大に花火を打ち上げる」

「…………」

「これがオレの知る、奴《やつ》らの姿だよ」

ニケの声には怒りが滲《にじ》んでいた。思い出すだけで不愉快なのか。

「──『ＬＷＳ劇団』は、このバカ双子の遺志を引き継いでいる」

「……双子？」

キルケが反応する。それも、これまで明かされなかった情報だった。

ニケは「機密情報だよ」と補足する。

「ふざけた奴らなのさ。反政府活動だって真面目にこなさない。他の秘密結社が危機でも手助けしない。天気が悪ければ、地下にじっと引きこもって何もしない」

「なるほど……」

「そう──非合理ゆえに捜査の罠にかからない」

これが『ＬＷＳ劇団』が見つからないカラクリらしい。

行動に一貫性がない。そもそも純粋な反政府思想を有しているのかも危うい。市民に被害が及ぶような他秘密結社のテロ計画をオレに密告してきたこともある。国王を支持する政治家を手助けすることもあれば、警察と手を組んで国王の反対勢力を潰すこともある。

他の秘密結社と強固に繋がることもない。

協力して革命を起こすことなど望まない。

にもかかわらず──時折活動する。ベルトラム炭鉱群のストライキのように。

「王政府の不祥事という餌を垂らせば、ダボハゼのように食いつく連中とは違う。隣家で政治家が賄賂を受け取っていても、平気な顔でトランプができるバカたちだ」

「……なんです、そのふざけた連中」

「トコトン相性が悪いぜ」

潜伏技術に長《た》けている秘密結社なら、いくらでもある。ミスを犯さず王政府を糾弾するビラを運び、集会を行い、着々と同志を増やすような。

そして、そんな組織は『創世軍』には通じない。騙《だま》し合いでニケに勝る者はいない。

だが騙し合いさえも放棄する連中には、手の打ちようがない。

「アイツらが興味を示すとすれば、反政府活動よりも愉快でふざけた人間だ」

ニケは気だるげに頰杖《ほおづえ》をついた。

「見つけられるとすれば——案外、同じくらいバカで剽軽な人間かもしれないね」

◇◇◇

「アネットが言った通りだ」

エルナが質問をぶつけると、ジビアは口を開いた。

二週間——いや、ジビアがそれ以上の期間人を助けてきた理由。まるで理解できなかった行動の理由を尋ねた時、彼女は大きく頷《うなず》いて語り出した。

「『ニケ』でさえ見つけられていない秘密結社を、あたしらが見つけるなんて土台無理。諦めた。頭が良くねぇんだ、あたしは」

恥ずかしそうに頭を掻《か》き、諦念の笑みを零《こぼ》している。

その上で彼女の口の端はニッと上がった。

「だから——見つけてもらうことに、し、し、し、した」

諦めからくる逆転の発想に、エルナは唖然《あぜん》と口を開いた。

「『LWS《ラヴィス》劇団』が仲間にしたいって思うくらい魅力的な奴になって、名声を轟《とどろ》かせれば、向こうから声をかけてくるだろ？」

得意気に語ってみせるジビア。

ある意味ではとてもジビアらしい力業。だが自力で見つけるのは困難な現状、一つの正解ではあった。闇雲に秘密結社を探れば『創世軍』に捕らえられてしまう。

「だから、ずっと人を助けてきたの？」

「おぅ。あたしの武器は体力とガムシャラさだからな」

「そ、『創世軍』に目をつけられるんじゃ――」

「とっくに目をつけられてる。けど、人助けをしているだけじゃ拘束されねぇだろ」

ケロッと返ってきた言葉に、エルナは何も言えなかった。

潜伏し、相手の視界に入らぬよう活動してきたエルナとは全く真逆のスパイ活動。市民、警察、諜報機関、加えて反政府組織からも認知されることを前提に動くスパイ。

ジビアは既に「じゃ、次行くぞ」と大股で歩き始めていた。

彼女自身が語ったように、体力が凄《すさ》まじい。昼夜問わず二週間動き続けているのに、疲労の色が一切見えていない。

しばらく背中を見つめていると、道の陰から気配なく何かが飛び出してきた。

「ジビアの姉貴も中々愉快なスパイに成長していますねっ」

「アネット」

別行動していた灰桃髪《はいももがみ》の少女は両手を頭の裏に回し、ジビアを眺めている。

「姉貴の友達、王国内に五百三十二人いるみたいですよっ」

「――っ」

驚愕《きょうがく》する。たった一年間で一体、どれだけの人と関係を築いたのか。

世界中の王国海軍基地、そして、王国内の親衛隊周囲の人物を中心にそれだけの交友関係を築き上げたらしい。

前方でジビアはすれ違った子どもたちと親し気に言葉を交わしている。

彼女の笑顔は、太陽のように明るく温かみに溢《あふ》れている。

――一日中人を助けるために動ける、無尽蔵の体力。相手の警戒を解く快活な性格。時に起きたトラブルは暴力で対処できる、身体能力。

ゆえに彼女の周囲には、常に人が絶えない。

「…………人気者」

そう賞賛するしかなかった。

エルナでは何年訓練しようとなれそうにない。

「……ある意味では不真面目なの。任務とは直接関係ない、人助けをし続けるなんて」

「だから姉貴の正体は、誰にも悟られない」

目立ちながらも『創世軍』に捕まらない現状が証明している。特定の集団や勢力に肩入れする者は簡単に警戒される。動向を調べれば、正体は露呈する。

だが、全ての社会的階層と分け隔てなく親しい者は、防諜《ぼうちょう》機関にとって――無色透明。

クラウスやモニカでさえなれない、スパイの一つの完成形。

子どもたちに取り囲まれているジビアを観察していると、隣のアネットが呟《つぶや》いた。

「ただ、不真面目と言えば——」

「ん?」

「——俺様が知る中にも一人いますねっ」

エルナが首を捻っていると、アネットが白い歯を覗《のぞ》かせる。

「反政府活動を支援しているのかしていないのか、よくわかんない弁護士っ」

「…………」

しばらく誰のことか分からず沈黙してしまった。

何言っているの、と睨《にら》みつけた。

「ガブリエル先生なら支援なんて——」

「でも、そもそもエルナちゃんがバイトをしたのは、たくさんの反政府案件を引き受ける弁護士だからじゃないですかっ」

「それはそうだけど」

学生生活の中でピルカの弁護士事務所を探って、見つけたのだ。仕事を選ばないゆえに儲《もう》けの乏しい案件ばかり舞い込んでくる、貧乏事務所。

しかし唯一の弁護士である男は、強い使命感など露ほども感じられなかった。

（ん…………？）

自身で振り返って、はたと気づいた。

（…………『露ほども感じられない』……？）

ふと結びつけて考えてしまう。

──スパイの任務と関係なく、人を助けるがゆえに警戒されない『百鬼《ひゃっき》』のジビア。

──王国諜報機関『創世軍《そうせいぐん》』でさえ見つけられない、『ＬＷＳ劇団』。

これが、カラクリだとしたら？

ジャンたちが率いていた『義勇の騎士団』とは全く異なる。使命感を滾《たぎ》らせ、王国政府を糾弾するような真似《まね》はしない。おおっぴらに革命を煽動《せんどう》しない。ただ日常に潜み、王政府に虐《しいた》げられた者に手を差し伸べ、緩やかな連帯を作り上げる。

仮にそんな秘密結社ならば──見つけるのは、至極困難。

まだ仮説にすぎない。しかし、『ＬＷＳ劇団』を見つけられないカラクリと、ガブリエル＝マシュという男の行動は似通っているのではないか。

「そんな、まさか、なの……」

気づけば、身震いをした。

エルナも呆れた――守秘義務を無視し、反政府思想の顧客の個人情報を広める弁護士。

結果だけ見れば、エルナとジャンは繋《つな》がり、ともに反政府活動のため連帯できた。

ただの偶然ではない。アネットの言う通り、エルナが彼に近づいたのは、その弁護士事務所に反政府活動の情報が集まるからなのだ。彼を中心に任務は回った。

すぐにでも会わなければ、と考えていると、道脇の喫茶店に見慣れた姿があった。

「評判がいいですね、ジビアさん」

「……先生」

ガブリエル弁護士はニコニコと笑みを浮かべ、コーヒーを飲んでいる。

この通りに来ることを見越して、待ち受けていたらしい。ボロボロと砕けたドーナツが、テーブルに広げた新聞の上に落ちている。国王を賞賛する大手新聞。

「あ、いや」

彼は気まずそうに手を振った。

「僕が話しかけたのは、あくまで顧客のためですよ。アフターサポートしてくれるキミたちに会いに行くのに、理由なんて要りませんから」

「…………」

どこまでが本心なのか、分からなかった。

エルナがじっと見つめ続けていると、彼も何かを察したように息を吐いた。

「……本当に適当なんですよ。僕」

くしゃっと柔らかな笑みを見せる。

「特別なことはしません。他の弁護士が断る案件を引き受けるだけ。ただ、かつて僕と親しくしてくれた初代団長は、こう言ってくれました——『程々の正義を愛せ』って」

「団長……」

「この街には、彼に魅入《みい》られた人が実は結構いるんですよ」

僅かに細められた瞳には、哀愁が宿っていた。

既に亡《な》くなったとされる代表の姿を思い出しているのか。


「『LWS劇団』は秘密結社ではありません。ただのファンの集まりです」

その表情は、長い間一緒にいたエルナでさえ見たことがないほど穏やかだった。

彼には妻がいる。家族との生活と使命感との葛藤の中で『LWS劇団』としての活動はちょうどよかったのかもしれない。少なくとも団長は歓迎した。程々の正義を。

「そのファンを紹介してほしい」

エルナは口にしていた。

「もう察しているかもしれないけど、エルナはただの留学生じゃない」

「そうみたいですね。ここ最近まで全く気づきませんでしたが」

ガブリエルは恥じるように頭を掻き、店の奥を示した。

「二代目の団長は、二階にいますよ。ジビアさんとエルナさんのことを副団長に話したら、すごく興味を持たれたみたいで。団長と繋いでくれたようです」

ジビアの狙いは間違っていなかった。彼女の働きは『LWS劇団』にも届いていた。

子どもとじゃれ合っていたジビアを手招きし、事情を説明する。

喫茶店には、二階席が設けられていた。細い階段を上っていくと、個室に辿《たど》り着いた。重々しいドアが取りつけられている。

手に汗を感じながら、エルナはその扉を開けた。

個室には、ビール腹の肥えた中年男性が一人立っていた。彼が『団長』なのか、と思ったが、その彼の前にもう一人の人物が椅子に深く腰を下ろしている。

「――初めまして。お会いしたかったですわ」

椅子で待ち受けていたのは、あどけなさが残る少女だった。

エルナよりも年下でいいはずだ。そこだけパッと明るいような、晴れやかな少女らしい顔つきとふわりと広がる金髪《きんぱつ》。やや痩せぎすで撫《な》で肩《かた》気味の身体《からだ》から弱々しい印象を受けるが、パッチリとした目元にはその印象を覆《くつがえ》す、溌剌《はつらつ》とした生気がみなぎっていた。

「ワタシの名はスージー。もうほとんど捨てた名ですけどね」

呆気《あっけ》にとられるエルナの前で、彼女は優雅に微笑《ほほえ》む。

「今のワタシは――『お姫様』と呼んでくれませんこと？」

そして、ちょっと変な女の子だった。

◇◇◇

「いよいよ追う理由がないのでは？」とアイオーンが首の後ろに両手を回す。

結果報告の途中だ。所在不明の『LWS劇団《ラヴィス》』の行方について。

不愉快そうに目を眇《すが》めるニケに動じることなく、アイオーンは淡々と「今は花火を打ち上げるだけの不真面目集団やろ？」と言葉を続ける。

「口の減らない男だ」

ニケは溜《た》め息と共に立ち上がった。シャツを押し上げるように張り出た胸が揺れる。

「そこまでは明かせないな。知りたければ成果を挙げろ。まさか二週間、確認作業と脅迫

に費やしたのか？」

「頷《うなず》いたらどうします？」

「叩《たた》き殺す」

ニケから鋭い視線を向けられ、アイオーンは肩を竦《すく》める。

無論彼も何も策を弄せず、時間を潰していたわけではない。

「例の茶髪の少女——目覚めた彼女からキルケが情報を引き出しました」

かつてニコラ大学の講堂で『サラ』と呼ばれていた少女だった。

ニケが「起きたのか」と唇を舐《な》め、キルケに視線を送った。

「どうだい？　彼女の容態は？」

キルケが首筋を伸ばした。

「全身に骨折や筋肉の断裂は見られますが、精神的な状態は良好でした」

「それは良かった。尋問したのかい？　いや、拷問かい？」

「拷問器具を見せると『ひぃいいぃぃ！』と対話不能になるので、乱暴は控えました」

「…………オレの前では勇敢だったんだけどな」

「ただ誘導尋問を行い、かなりの情報を引き出せましたわ」

罵声を浴びせることだけが尋問ではない。心理的負荷をかけすぎると命欲しさに知らないことまで捏造《ねつぞう》したり、記憶そのものを捻《ね》じ曲げてしまったりとデメリットが多い。

理想は、正常な心理状態の相手から確かな情報を聞き出すこと。

それを問題なく成し得たというキルケは、必要な情報を明かした。

「彼女の正体は『焔《ほむら》』の意志を受け継ぐスパイチーム――『灯《ともしび》』の一員」

「…………………………」

ニケの唇が震えた。やはりか、と。

アイオーンはチラリと彼女を見つめ、キルケは小さく頷く。

「意図は不明ですが、『灯』は革命を目論《もくろ》んでいる。『LWS劇団』の存在に気づいたならば、必死に探すでしょうね。あの伝説のスパイチーム『焔』の後継者――我々が持ちえない方法で劇団と接触するかもしれない。そのための二週間です」

「あえて泳がせたのか」

「狙うべきは――金髪と灰桃髪《はいももがみ》。この二人を追えば『LWS劇団』に辿り着ける」

アイオーンはテーブルに置かれた資料を叩いた。そこには彼女たちが聖カタラーツ高校に在学していた当時の写真が置かれている。

『ＬＷＳ劇団』とは違い、彼女たちの情報はいくらか入手できている。

「元々ニケ様が見つけられん結社に辿り着くなんて土台無理やしな」

アイオーンは苦笑してから、にやりと口元を歪《ゆが》める。

「つーわけで――この二人を嵌《は》める罠《わな》は用意済みや」

こめかみの骸骨のタトゥーに触れながら、アイオーンは計画を語る。

まるで抜け目のない発想にニケは「最初から、そう報告しろ」と笑った。

3章　劇団

喫茶店の二階には、一階を経由せずに直接地下に繋《つな》がる階段が設けられていた。地下空間を探そうと、一階を隅々まで探っても見つからない細工だ。

細く長く続く螺旋《らせん》階段を下りながら、先頭のスージーは説明する。

「ピルカという街は、無限の地下空間が広がっている」

彼女は跳ねるように下りるので、ふわりふわりとスカートが大きく揺れている。

振る舞いは、少なくともお姫様とは思えない。

「街を作る石材の全てをピルカ市内の採石場から賄っていたそうです。市内各所に大きな地下空間が広げられていき、幾度となく落盤事故が起きた。時の権力者は考えた。どうにかして、この広大な地下空間を別の物で埋めて有効活用できないか、と」

彼女が説明を終えると、地下に辿り着いた。

そこでエルナは悲鳴を上げてしまった。

「地下墓地」スージーは得意げに笑った。「『ＬＷＳ劇団』の本拠地ですわ」

ジビアとアネットも目を丸くし、固まっていた。

壁一面に人骨が積み上げられていた。装飾のように並べられた数百の髑髏《どくろ》が侵入者を睨《にら》むように、空洞の目を向けている。髑髏を支えるのは大きさからして大腿骨《だいたいこつ》か。壁全てが石垣のように人骨が組み合わさって成り立っている。

驚きを隠せないままで、机と資料棚が置かれた簡素な空間に導かれる。

中央の机には、重々しい黒色の機械が置かれていた。手が差し込める穴が空いており、その穴の周囲にいくつもの電線が絡《から》み合っている。

「そこに手を」とスージー。

「は？」

「ウソ発見器です。ガルガド帝国製の最新型ポリグラフを用いたもの。アナタたちが『創《そう》世軍《せいぐん》』と繋がっていると分かれば――射殺します」

まだ信頼してくれていないようだ。

エルナが手を伸ばそうとしたが、一歩早くジビアが前に出て、機械に手を入れた。

「入れたぞ」

「――では、宣言を。嘘《うそ》を吐《つ》けばブザーが鳴ります」

命がかかった緊張の瞬間。

こほん、とジビアは咳《せき》ばらいをした。

「あたしは『創世軍』の工作員じゃない。『LWS劇団』とは仲良くしたい」

ブー、と音が鳴り響いた。

アネットとエルナが慌てて飛び下がる。

「ジビアの姉貴、裏切り者だったんですかっ？」「思いっきり鳴ったの⁉」

「機械がポンコツなんだよ‼」

必死に弁解するジビア。

それらの光景を見て、スージーは愉快そうに両眉をあげた。

「よろしくて？　アルチュール？」

「ええ、お姫様。この方たちは信用できそうです」

ビール腹の中年男は、安堵《あんど》したように頷いている。

スージーの隣にいる彼は、アルチュールと言うようだ。先ほど「副団長です」と名乗った。ぽってりとした、福々しい顔のライン。貫禄《かんろく》があると言えば聞こえはいいが、中年太りした、たるんだ体軀《たいく》。よく汗をかくらしく、常にハンカチを手にしている。

スージーはくすくすと笑っている。

「前団長が導入したジョークグッズ。人を驚かせるのがお好きな方だったのです」

ウソ発見器とは名ばかりで、使われる者の反応を目視で見極める仕組みらしい。

とにかく三人はある程度の信頼を勝ち得たようだ。

「『義勇の騎士団』の現代表。エルナ」

三人を代表して、エルナが名乗り出る。

「一刻も早く革命を成し遂げたい。アナタたちと出会うために街で奔走していた」

「協力の回答は保留にさせてください」

スージーは首を横に振る。

すぐにでも連携できれば、と期待していたが、そう都合よくは話が運ばないようだ。

「ワタシたちは現在、熱心な活動団体ではありません。常時動けるのはワタシだけ。このアルチュールだって、普段は世界中を忙《せわ》しなく飛び回っています」

アルチュールはすまなそうに、へこへこと頭を下げた。

彼の職業はムザイア合衆国の宝石商人らしい。ライラット王国を中心に他国に営業をかけている。スージーの右腕のような存在で、今組織があるのは彼のおかげだそうだ。

エルナはふと疑問を抱いた。

「熱心な団体ではない？　でも、二か月前には炭鉱でストライキを――」

「唯一の活動です。ワタシたちの存在を王国に示すことは」

スージーは自身の胸の前でぐっと拳を握り込んでいる。

「――前団長と前副団長が遺《のこ》した遺言です。大きな可能性を待ち望んでいるのです」

まるで想《おも》い人を待ちわびる、年相応の少女の瞳。

彼女の立場に似合わない表情に、しばしエルナは呆気《あっけ》にとられる。

「何者なの……前団長……」

多くの秘密結社に影響を与え、たくさんの市民を魅了し、前国王を退位に追い込んだ。

彼が亡きあとも二年以上、組織をその人望で存続させている。

一体どんな人物だったのか、興味が湧いて仕方がない。

スージーはイタズラめいた笑みで口にする。

「きっとアナタたちも好きになりますよ？」

彼女は軽やかに立ち上がると、壁に取りつけられたスイッチを押した。照明かと思ったが、それだけではないようだ。オンとオフをリズムよく押し続けている。

地下墓地の照明を一定回数操作することで起動する仕掛けか。

――壁一面に積み重ねられた骸骨が、動き出した。

地鳴りのような鈍い音が響き、擦《こす》れた人骨たちがカタカタと音を鳴らし始める。

骸骨たちは他の骨と組み合わさりながら立ち上がった。やがて骸骨は整列するように左右に分かれ、隠していた壁の奥を見せた。

奥に繋がる隠し通路ができ、中央の骸骨が赤く輝いた。

「――これも前団長が作ったものです」

「「「すげえええええええええええええっ!?」」」

エルナ、アネット、ジビアが同時に叫んだ。

アジトにいることも忘れて、興奮の歓声をあげてしまう。

「ただ、光る演出は無意味なの！」「俺様は支持しますっ！」「かっけええぇ！」

行き止まりかと思った場所に、突如空間が出現していた。

骸骨が赤く光る必要性は特に感じないが、この技術は驚愕《きょうがく》するものがあった。今現在エルナたちがいるアジトはただのダミー。本当のアジトは更に奥にあるという。

「我々は全国民を魅了し、革命という舞台に巻き込む劇団――遊び心は忘れませんわ」

スージーの言葉を聞きながら、呆然《ぼうぜん》と息を吐いていた。

「いや……本当に見つけられるわけないの。こんなもの」

改めて『創世軍』から逃げ続けられた理由に思い至る。

きっと前代表は、捜査から逃れるアイデアを数十と用意していたのだろう。

骸骨たちが作り上げた道は、エルナたちが通るとすぐに閉じられた。

不気味この上ない空間だが、内部はひんやりと涼しく、密談の場所としてうってつけだ。テーブルと椅子が並べられた部屋に辿《たど》り着く。

「いくらピルカと言えど、よくここまでの地下空間……」

エルナの言葉に、スージーが嬉《うれ》しそうに手を合わせた。

「ある貴族から貸し与えられた敷地《しきち》です。『LWS劇団《ラヴィス》』は先代の時から、議員などの上流階級の方々に繋がりがあり、今もアルチュールが関係を維持しております」

「ん……すごい……！」

「『義勇の騎士団』が働きかけてきたメインターゲットは民衆でしたね？」

言い当てられたので「ええ」とエルナが首肯する。

「というより、大抵の秘密結社はそう。ビラやパンフレットの作成。貴族や国会議員などの上流階級への働きかけなんて、『創世軍』に見つかるリスクが高すぎる」

「素晴らしいですわ。逆にワタシたちはそのような活動はしておりませんから」

「ってことはだな――」

ジビアが椅子に腰を下ろしながら、挑発的な笑みを見せた。

「『ＬＷＳ劇団』と他の秘密結社が繋がれば、市民は蜂起し、身内に引き込んだ貴族や議員たちと新たな政府を作れる――革命が成功するってわけだ」


「多少楽観は混じりますが、その通りです」

スージーがあっさり肯定したので、エルナが「え」と目を見開いた。

クラウスから事前に教わった、革命の三要素のうち二つ――『民衆』と『貴族』。

その二つが既に攻略できていることになるのか。

安直すぎる発想に「いやいや」とエルナが否定する。

「まだ多くの国民が革命を支持するかは未知数……どころか、逆かも」

エルナの脳裏には、無数のニケ信者の記憶がある。ニケが守護する王政府を打倒する革命を、彼らが支持するとは思えない。

「革命には流れがありますから」

スージーが口にする。

「国民全員を仲間にする必要はありません。一部が革命に加われば、それで十分」

「ニケに怯《おび》えているが、潜在的には反王政府って人間もいるだろ」

スージーの言葉に続くようにジビアが手を叩《たた》く。

「ま、その辺りはジャンたちに任せようぜ」

彼らは新たに印刷ルートを開拓し、反政府ビラを配る準備を進めている。

その活動をスージーたちにも伝えると、アルチュールが「後で『ＬＷＳ劇団』と繋《つな》がりのある印刷所を一部教えて差し上げましょう」と微笑《ほほえ》みかけてくれた。

やはり『ＬＷＳ劇団』は革命の追い風になりそうだ。

だが、浮かれてはいられない。まだ一つ大きな課題が残っている。

「ワタシたちは別件の相談をしましょう――革命にはまだ大きな障害がありますから」

深刻な面持ちで口にするスージー。

その正体は言わなくても分かった。『ＬＷＳ劇団』でも攻略できていないようだ。

クラウスが述べた、攻略せねばならない革命の三要素の一つ。

「だな。なんとか手を打たねぇと、せっかくの革命が潰されちまう」

ジビアが腕を組み、当面の課題の名を口にする。

「『創世軍』と連携し、王政府を守護する治安部隊――国王親衛隊」

◇◇◇

国王親衛隊──警察とは別に王政府が設立した治安部隊だ。

世界大戦終結直後、食料や住居を巡って市民同士が争い、時に徒党を形成する時期があった。親衛隊は都市の治安を守るという名目で陸軍を中心に設立され、今はマフィアや他国の工作員などを取り締まる建前で維持されている。

だが、その実態は──一般市民を弾圧する、王政府の番犬。

形式上は陸軍の一部隊ではあるが、実質『創世軍《そうせいぐん》』の下部組織。ニケに命じられるがままに秘密結社を潰し、ガルガド帝国のスパイと通じた疑惑をかけられた者を捕縛し、尋問する。

最新の銃器で武装しており、一般市民では立ち向かうことは不可能。これまで無数のストライキやデモが、彼らに鎮圧されている。

彼らを協力者に引き込めなければ、革命が叶《かな》うことはない。

◇◇◇

空間の奥から大量の資料を、アルチュールが運んできてくれた。

『LWS劇団』が有している情報の一部を開示してくれるという。

五人でテーブルを囲み、エルナたちが得ている情報と交換する。

『灯《ともしび》』で彼らの懐柔を担《にな》っていたのは、ジビアとサラ。エルナはほとんど彼らの情報を摑《つか》めていないので、話せるのはジビアしかいない。

「あたしがここ一年で集めた話をさらっと伝えるぜ?」

彼女が口を開いた。

「奴《やつ》らは軍人であって軍人ではない。いくつかの軍事基地を回ったが、多くの将校は彼らに不満を抱いていた——『国民を弾圧する軍人』っつぅのが大抵の評価だ」

ピルカの親衛隊拠点に近づけば、確実に『創世軍』が阻《はば》んでくる。まずは彼らと繋がりが深い遠方の陸軍基地を、ジビアたちは回っていた。

特徴的なのは、そのシステムらしい。

「将官の任命権は陸軍大臣にあるが、国王親衛隊に限っては国王が直接任命できる。ま、実質は首相やニケの一存だ。そして、奴らはある条件を重視する」

ジビアが口にした。

「――ガルガド帝国の軍人に、家族を殺されていること」

「え……」「……っ」

エルナが息を漏らし、スージーも知らなかったようで目を見開いた。

「非公開の情報だ。が、彼らのプロフィールを追っていくと、そうとしか考えられない」

ニケの手法に改めて身震いする。

――憎悪《ぞうお》を煽《あお》り、王政府へ忠誠を誓わせる。

王政府を守るため、彼女は憎しみを利用する。帝国の悪行を喧伝《けんでん》し、刃向かう秘密結社でさえも全てが帝国のスパイの手先と決めつける。

「異様な忠誠心は常々疑問だったが……ま、納得だな」

「ニケが好みそうな手法なの」

「……正直、懐柔は全く進んでねぇ。隙が無いと言っても過言じゃない」

ジビアが悔しそうに肩を落としている。

両親や兄弟を殺された人間が帝国を恨むのは必然だ。『帝国ではなく王政府を恨め』などと説得できるはずもない。むしろ同情する。

彼らはどこまでも帝国を敵視し、そして反政府組織を潰していく。

「でも、仲良くはなっているんですよねっ」と笑いかけるアネット。

「おぅっ！　飲み友達なら五十人以上」と快活に答えるジビア。

スージーが「……十分すごいけどね」と苦笑し、アルチュールも同意している。

ジビアの交友リストは、いずれ使えるかもしれない。

他にも親衛隊の将官の噂《うわさ》や情報を伝えたところで「とりあえず、これまで」と話を打ち切り、次はそっちの番と言わんばかりにスージーに手を差し出した。

「……ベルトラム炭鉱群でのストライキを我々が煽動《せんどう》したことは、ご存じですね？」

スージーが話を進めた。

「現場から報告は受けています。一瞬で潰されたそうです。国王親衛隊は悪魔を見るような目で労働者に小銃を向けた」

「……その凄惨さは仲間から聞いた」

エルナも現場の跡を目撃しているので、首肯する。坑道は崩落し、爆発痕や銃痕だらけの地下空間。『労働者は全員保護した』とニケは嘯《うそぶ》いていたが、信じられない。

続けてスージーが口にした。

「ただ、その際、最後まで発砲を制止した方がいたそうですわ」

「彼らが憎むのは、あくまでガルガド帝国。同じ国民を進んで殺したいわけではないのでしょう。懐柔できる隙があるとすれば、そこですね」

例のストライキは、国王親衛隊の動きを確かめる狙いもあったようだ。

普段は全く動かないようだが、やはり要所要所で結果を出している。

「よし、あたしの情報と照らし合わせて行こうぜ」

ジビアが身を乗り出した。

「話を聞いてくれそうな奴に接触しよう。あたしの飲み友達に頼めば、手紙は出せる」

「パイプを複数得られたのは心強いです」

スージーも身を乗り出して、二人は握手を交わした。

どうやら順調に話が進んでいる。

二人のウマが合うのか、ジビアの人柄か、スージーもリラックスしているように見える。

後ろで見ているアルチュールも機嫌が良さそうだ。

親衛隊の件は、ジビアに任せることにした。

「話変わるけど、アンタ、どういう生い立ち？　あたしと似たようなものを感じる」

「ズケズケと来ますわね……もちろん、お姫様ですわ」

「親衛隊に？」

「ま、あとで聞くさ……問題は、ターゲットの選別だな」

「ええ、呼び出した相手がニケの罠《わな》だったら目も当てられません」

「身辺調査はあたしがするよ。幸い伝手《つて》も多いしな」

「ワタシたちは勘弁ですよ。のんびり穏健なのが、今まで生き残ってきた術《すべ》なので」

「分かってる、分かってる。完全な協力までは望まん」

ジビアが力強い笑みを見せた。

「大丈夫。最悪、ニケが出張《でば》ってこようとなんとかして——」

「————っ‼」

そんな言葉が聞こえてきた瞬間、エルナの身体《からだ》が震えた。

サラを助けるために集中し、できる限り考えようとしなかった現実。ジビアと再会できた興奮で、記憶の彼方《かなた》に追いやろうとした仇敵《きゅうてき》。

心臓の鼓動が速くなっていく。身体の汗腺が全て開いたように汗が止めどなく噴き出す。大きな呼吸を繰り返し無理やりに落ち着けようとしたが、呼吸はどんどん速く、途切れ途切れになっていく。

——ニケ。

エルナの前に立ちはだかった、これまでの敵とは別格の女。常勝無敗の諜神。

再びニケに立ち向かわなくてはならない。

頭では分かっていたのに、意識した途端に身体の熱が奪われていく。芯が揺さぶられ、座ることさえ辛《つら》くなる。何かが身体を内側から食い破ろうとしている。

「エルナちゃん？」

「あ………」

アネットの不思議そうな声が聞こえた瞬間、ふっと何も考えられなくなった。

視界が傾いている。まるで思考を脳が無理やり放棄したように。

「エルナっ⁉」

悲鳴のようなジビアの声をどこか遠くに感じ取っていた。

自身の頭が床に墜落する瞬間を、まるで他人事《ひとごと》のように眺めていた。

4章　病理

王国中央収容所——通称『タルタロス』。

国王親衛隊が管轄する牢獄《ろうごく》をアイオーンは訪れていた。

反政府思想と疑われる者を捕らえ、尋問するための施設。留置所とは異なり、罪の有無は問わない。『創世軍』の工作員と国王親衛隊は、疑わしき者は国籍問わず閉じ込める権限を有している。裁判所の許可が必要だが形式上に過ぎない。

六階までフロアがあり重要度・機密性が高い人物ほど上層の階に収監される。

——『草原《そうげん》』のサラは五階の独居房に収監されていた。

突如、呼び出され、同じ階の尋問室に移動させられた彼女は、部屋で待ち構えていたアイオーンを見て、怯《おび》えたように身を竦《すく》ませる。

「お前がサラか……」

「な、なんすか……？　も、もう話すことなんて……」

後ずさりするサラ。緩くウェーブを描く茶髪の少女。薄手の囚人服を身に纏《まと》っている。

大学講堂で捕らえた時より、やせ細っている。

アイオーンは、サラを送り届けた国王親衛隊の男に視線を送った。

「……なぁ、この収容所では囚人にはどの程度の暴力が認められているんや？」

「王国は偉大な国だ。人権に背く真似《まね》は法令で認められない」

「へーぇ。聞こえてくる悲鳴とすれ違う痣《あざ》だらけの囚人は、幻聴と幻覚なんやな」

皮肉気に笑うアイオーンは、追い払うように手を振った。

「アンタは退席しろや」

「なぜだ？　親衛隊も尋問に立ち会う権利が――」

言葉は途中で止められた。

突如立ち上がったアイオーンが、怯えるサラの顔面に突如、回し蹴りを入れたのだ。彼女の小さな身体は容易《たやす》く吹き飛ばされ、隣の壁に叩《たた》きつけられる。

苦し気に悲鳴を漏らすサラの身体を踏み、アイオーンは嘲笑する。

「法令違反は嫌やろ？　偽善に塗《まみ》れた嘘《うそ》と建前が通じねぇ尋問が始まるんや」

まだ年端《としは》もいかない少女が痛めつけられる光景に、親衛隊の男は息を呑《の》んだ。が、相手がニケのお気に入りだと理解したようで、苦々しい表情で尋問室から出る。

『草原』のサラと一対一になると、アイオーンは二、三、蹲《うずくま》る彼女に蹴りを入れて、いくつかの質問を投げかけた。やがてサラは仲間の情報を吐いた。

アイオーンが退室すると、先ほど追い出した国王親衛隊の男に睨《にら》まれる。

「……何がしたいんだ、貴様は」

ウディノ中佐という男だ。国王親衛隊として多くの市民を拘束してきた男であろうと、この光景は目に余るようだ。

「あの少女は何者なんだ？　あんな暴力を加える程の罪人には見えんが」

「日常的に囚人をぶん殴っている親衛隊の意見とは思えへんな」

「……俺が手を上げたことは一度もない」

「はいはい、仲間の暴力は見過ごしている偽善者ね」

「聞きたいことは他にもある。我々に何百人もの市民を捕らえさせ、長時間にわたる尋問をさせる理由はなんだ？　Bランク程度の結社の末端など大した情報は握っていない」

収容所が収容限界を迎えている事実はアイオーンも把握している。市民の尋問を担《にな》う国王親衛隊が、突然の激務に困惑していることも。

「他の収容者の尋問を後回しにする程の――」

「ニケ様の命令――それ以上の説明がいるか？」

問答を打ち切りアイオーンは素通りした。

収容所で働いている国王親衛隊の何人かに睨まれる。ニケのことを信奉していても、部下まで信頼しているわけではないようだ。

敵意の視線を向けられながら、アイオーンは「あ、そうや」と呟《つぶや》いた。

「中央収容所《タルタロス》で過去に脱走があった事例は？」

不服そうな顔で追いかけてくるウディノ中佐に尋ねる。

「……どういう意味だ？」

「あのガキには仲間がいる。外部から助けが入るかもしれん」

「前例はない。中央収容所《タルタロス》は堅牢《けんろう》だ。先月だけでも二つの秘密結社が仲間を救うために、壁を破壊する工作を仕掛けたが、直ちに捕らえられた」

中佐はハキハキと答えた。

「――中央収容所《タルタロス》はニケ様が目を光らせている。あの方の目を掻《か》い潜《くぐ》れる者などいない」

「満点の答えやな」

苦笑を零《こぼ》しつつ、アイオーンは中央収容所《タルタロス》から去った。

寄り道することなく、まっすぐ上司の元に戻る。

ニケの拠点である尖塔《せんとう》は四つの脚で支えられている。脚の一つから斜めに上昇するエレベーターで二階に行け、そこから頂上まで行くにはエレベーターを乗り換える構造だ。

だが二階のエレベーターの前には、陰気な男が座り込んでいた。タナトスだ。

「ここで何を？」

「……ニケ様が『お前は外にいろ』と……」

「なぜ？」

「ぼくに見せつけているんです……キルケと二人きりで楽しむ様を。あぁ、頭がおかしくなりそう……ぼくを満たしてくれるのはニケ様だけなのに……他は紛《まが》い物なのに……」

ぼそぼそとした低い声で呟き、最後、口角を持ち上げた。

「…………興奮するよね……」

「SMならプライベートでやってくれへんかな」

いまいち存在理由が分からない付き人に感想を伝え、アイオーンは展望室にあがる。

扉が開いた瞬間、艶《なま》めかしい喘《あえ》ぎ声が聞こえてきた。熱が宿る二人の女の声。

タナトスを追い出した理由を察し、アイオーンは閉口する。

甘いアロマの匂いがフロアを満たしている。

待つのもバカバカしいので壁を蹴りつけると、やがてシーツを身体に纏わせたニケが仕切りの向こうからやってきた。彼女にしては珍しく、額に汗をかいている。

ため息交じりに嫌味を告げる。

「人に仕事を任せて、上司は呑気《のんき》にセックスですか」

「部下とのコミュニケーションも大切な職務さ」

ニケは恥じらうことなく、冷蔵庫から水のボトルを取り出した。

部下、という言葉に嫌な予感を抱き、仕切りからベッドの方を覗《のぞ》き込むと、そこでは裸体のキルケが寝転んでいた。ぐったりと脱力するように倒れ、時折微《かす》かに足先を痙攣《けいれん》させている。恍惚《こうこつ》のヨダレ交じりの表情でだらしない声を漏らした。

「とても……っあぁ……よかったですわ……」

「キルケ君も実に良かったよ。遠い日の純情を思い出したぜ」

コメントに窮し、アイオーンは首を横に振った。

ニケが服を着るまでの間、資料を見つめながら報告をする。

「例の金髪《きんぱつ》と灰桃髪《はいももがみ》のこと。サラに吐かせてみました」

「おぉ、ご苦労」

一通りの彼女たちの情報を伝える。なぜか『義勇の騎士団』という秘密結社に潜伏していた、ディン共和国のスパイ。彼女たちは王国で革命を目指している。

『LWS劇団《ラヴィス》』の残党を狙うためには、この二人を探すのが早いという予想だ。

「ただ残念な話だけれど」

ニケは着替え終えると、アイオーンの前に腰を下ろした。

「彼女たちが活動を再開するには時間がかかるかもね」

「あ？」

突然の予測にアイオーンは訝《いぶか》しがる。

「――オレに一度でも命を狙われた人間は、全員立ち上がれなくなるんだ」

なんてことのないようにニケから告げられ、絶句してしまう。

ボトルからミネラルウォーターを心地よさそうに飲み「『病』と表現されるよ。恐怖で精神が壊れるんだって」と語るニケに、アイオーンは呆《あき》れ顔を向けるしかなかった。

「妖怪の類やん」

「言い方」

彼女が放つ冷ややかな殺気は、アイオーンも知っている。

並のスパイならば、それだけで動けなくなる。『義勇の騎士団』幹部たちとはあくまで友好関係を築こうとしていたが、エルナとアネットにはニケは本気の殺意を浴びせた。

「『この国は病に侵されている』――みたいな表現聞いたことありましたけど、ニケ様自身が病原菌だったんですね。こわ」

「キミの軽口も減らないね」

「逆にめんどうやないすか。こっちはあの二人なら、自力で『ＬＷＳ劇団』に繋《つな》がるっつう可能性にかけているんですが」

「灰桃髪の方は図太いだろうから、そっちを追えばいい」

「あー、ニケ様に啖呵《たんか》切った命知らずっすね」

「他の仲間については？　サラはどれだけ吐いた？」

「微妙やな。彼女は一年近くジビアという相棒を除き、他の仲間と会っていない。居場所も知らない。金髪と灰桃髪は、あの講堂で一年ぶりの再会だった」

「……あの男が徹底させたか」

ニケが不服気に頬杖《ほおづえ》を突いた。

あの男とは『灯《ともしび》』のボス――『燎火《かがりび》』のクラウスだ。

『焔《ほむら》』が壊滅したニュースが知れ渡った二か月後には、『灯』という新たなスパイチームの名も広まった。メンバーの大半の情報は不明だが、ボスの名だけは有名だ。

『世界最強のスパイ』を自称する男。『焔』全メンバーの技術を受け継いでいるという。

ニケが僅かに窓へ視線を移し、唇を舐《な》めた。

「フェロニカのドラ息子め。手間をかけさせやがる」

「…………？」

その呟きに普段とは異なる感情が見え隠れしており、アイオーンは瞬《まばた》きをする。

フェロニカ――『焔』のボスだった女性だ。コードネームは『紅炉《こうろ》』。

ニケは物憂《ものう》げに窓からピルカの空を見つめる。

共に世界大戦を終局に導いたというが、交流はあったのかもしれない。

「『灯』についてニケ様はどこまで？」

「さぁ？　『焔』の後継。『燎火』のクラウス以外の素性は不明」

「ニケ様でもそれしか知らないんすね」

「『燎火』が部下の情報を守りまくっているからね……いや、一人だけ例外がいるか」

ニケは窓から視線を外して、自身の額を指先で叩いた。

「『焼尽《しょうじん》』のモニカ」

ほぉ、とアイオーンは目を眇《すが》める。

彼女の名は『創世軍《そうせいぐん》』でも認知されていた。世界に激震を与えた女。

「――『灯』を裏切り、ダリン皇太子を撃った『蛇《へび》』の暗殺者」

世間的にはガルガド帝国の工作員という話だが、『創世軍』で伝わる話は異なる。

本来はディン共和国の『灯』というチームの一員。だが裏切り『蛇』という組織に加わり、ＣＩＭの工作員たちを翻弄。最終的にはＣＩＭの最高幹部『呪師《のろいし》』に抹殺された。

「死んだはずでは？」

「生きているよ。アレは偽装だ」

ニケはにべもなく答えた。

「ついでに言えば、いまだ『灯』にいるようだ。いやぁ、例の事件はＣＩＭの愚かさが要因だね。合衆国派と帝国派に国を二分させ、スパイに付け入る隙を与えた。オレみたいに反帝国で国を染め上げれば、あんな真似《まね》は起きなかっただろうに」

方法は不明だが、ニケはあの暗殺事件の全容を把握しているようだ。

ニケは飲み干したボトルをテーブルに置き、その飲み口を指でなぞった。

「で――勝てるかい？」

突如飛んできた挑発的な問い。

ニケは反応を推しはかるように頬を緩めている。

「『燎火』はオレが相手するとして、『焼尽』はキミが抑えられるか？」

そういう役回りのようだった。

アイオーンは武闘派スパイ。戦闘が発生した場合は、敵を無力化する役割。

「負けませんよ。収容所にぶち込んでやります」

「強気だね」

「囚《とら》われたソイツに、特大の花束と笑顔を添えて『幸せかい？』と煽《あお》ったりますわ」

ハッキリとアイオーンは断言する。

脱力するキルケを労《いたわ》っているニケが「趣味悪」とだけ吐き捨てたので、アイオーンは「ニケ様ほどやない」と笑い返した。

◇◇◇

地下墓地の空間には、寝室も備えつけられていた。

二週間以上、人が暮らせるだけの設備が整えられているという。

エルナはぐったりとベッドに倒れ伏していた。一度震えだした身体《からだ》は言うことを聞かない。毛布に包《くる》まる以外の全ての活力が消え失《う》せてしまった。何重に毛布を重ねても抱いてしまう、寒気。そして、それと矛盾するように噴き出してくる汗。

ストレスからくる自律神経の乱れ、と理性で捉えても状態は変わらない。

（……恐《こわ》い…………………）

何度も頭をもたげるのは、自身の首を摑《つか》もうとしたニケの長い腕。

講堂で心をへし折ってきた、冷ややかな嘲笑。

そして、頭から血を流し、ニケに屈したサラの姿だった。

『義勇の騎士団』の仲間にはサラの雄姿を持ち出して鼓舞したこともあったが、自身はこの様なのが情けない。冷ややかな恐れが身体を侵食していく。

『LWS劇団』と繋がり、緊張の糸が緩んだ瞬間、いずれニケと向き合わなければならない現実に気づいてしまった。考えてしまった。

(……サラお姉ちゃんのように、今度はジビアお姉ちゃんも…………)

出し抜ける未来が見えない。アレは規格外の存在だった。

寝込み続けている間、ジビアが頭を撫《な》でてくれた。

「再会した時から、様子がおかしかったもんな。もっと気にかけてやればよかったよ」

そう慰めてくれたが、エルナは何も言えなかった。

アネットも途中やってきたが、彼女は黙ってエルナの身体を押し、ベッドの隅に追いやって、隣で勝手に昼寝をした。あまりのワガママに怒りそうになったが、彼女の寝相を疎ましく思う時だけはニケの存在を一瞬、忘れられた。

大事な局面にもかかわらず、倒れてしまった情けなさがつらい。

アネットが出ていったあと、アルチュールが鎮静効果のあるというハーブティーを淹《い》れてくれた。香りを感じる余力もなかったが「わたしどもで話し合いを進めておきます。今は安静に」という言葉だけは、じんわりと届いた。

ジビアとアネットに話し合いは一任し、毛布に包まり続ける。

このまま任務からドロップアウトするわけにはいかない、と使命感だけはあるが、身体がついていかない。涙が滲《にじ》みそうになった時、ベッドの空間にまた一人やってきた。

「そういうもの、とだけ伝えておきますわ」

スージーだった。

会った直後に倒れてしまったエルナに不服を一切示さず、温かな言葉をかけてくれる。

「ニケから運良く逃げ延びられた人がかかる病。特に直接、殺意を向けられた者は」

「……そうなの？」

「生き延びたことに感謝し、二度と刃向かえなくなる。これまで動けただけでも賞賛に値しますわ。アナタが思う以上に、アナタの精神は抉《えぐ》られていたのでしょうね」

市民革命が潰《つい》えた国、という言葉が鈍くのしかかる。

「最初、ワタシも『なぜこの国で革命が起きないの？』って疑問だった」

エルナは呟《つぶや》いた。

「今は分かる。あんな怪物に立ち向かうくらいなら全部を諦めたくなる」

「ワタシだって何度も諦めかけましたわ。あのバケモノに」

自嘲するような声音。意外だった。

身を起こし、目の前の少女を見つめる。自身より年下にしか見えないのに、彼女は一度ニケと相対したことがあるようだ。

彼女の素性はまだ聞いていない。なぜ『LWS劇団《ラヴィス》』の代表を務めているのか。

「アナタは一体――」

「――それよりも」

エルナが言葉を放つ前に、スージーが鼻を押さえた。

「アナタ、最後にお風呂《ふろ》に入ったのはいつ？」

「え……？」

「……あぁ、なるほど。アナタの拠点には浴槽もないのですね」

熱くなる顔を隠しながら、咄嗟《とっさ》に自身の髪のにおいを嗅いだ。

ほのかな汗臭さを感じ取って、顔を伏せる。

大学の講堂を出て以来、常に慌ただしかったせいで入浴ができなかった。今の『義勇の騎士団』の拠点には風呂がなく、夜は身体を濡《ぬ》れタオルで拭くだけだ。

こんな地下空間では、自身の体臭が充満していてもおかしくない。

「こっち」

スージーが手を握り、エルナをベッドの外へ引っ張り出した。

「地下通路を抜けていくと、とある邸宅に繋がっていますの」

この地下墓地には無数の隠し通路と複数の出入り口があるようだ。

スージーに導かれて辿《たど》り着いたのは、広い邸宅の一室。物置と地下が繋がっているらしい。一階らしき場所に上がった時、差し込む夕日が顔を照らした。

気づかなかったが、もう日が暮れる時間帯のようだ。

そこは、二階建ての静かな邸宅だ。壁の飾りなどから歴史は感じるが、清潔に掃除されている。代々誰かが管理してきた場所だろう。

「前団長たちが見つけた物件ですのよ？　借金で首が回らなくなった主を助けた、とか」

彼らの話になると、とにかく雄弁になるスージー。

にこやかな笑みを浮かべながら、エルナを浴室に案内してくれる。ガス式の給湯器の電源を入れ、浴槽にお湯を張りながら、笑いかけてくる。

「組織の代表同士、裸のお付き合いといきましょうか」

「…………」

突然の提案に、思わず見つめ返してしまう。

スージーは、不服そうに唇を尖《とが》らせた。

「ん？　な、なんですの？　せっかくの提案を――」

「アナタ、どう考えてもお姫様じゃないの……別にいいけど」

「――――っ！」

スージーは一気に顔を赤くして、面食らったように固まった。

つい感想を漏らしてしまった。どう考えても、人との距離感が近すぎる。歳《とし》が近いとはいえ、普通他人を風呂には誘わないだろう。振る舞い方は、庶民のソレだ。

「う、うるさいわね！　頑張って演じているんだから、スルーしなさいよ！」

「演じているの？」

「団長と副団長が『お姫様』って呼んでくれたのよ！」

彼女は腹を立てながらドレスを豪快に脱ぎ捨てている。

口調も荒っぽくなったので、エルナは「そっちの方が素敵なの」と笑いかけながら心地よく服を脱いでいった。久しぶりの風呂とあって、気持ちが高まっている。

初対面の相手と風呂など普段なら絶対に嫌だが、今はとにかく汗を流したい。

服を脱ぎ終えると、タオルで身体を隠しながら浴室に移動した。

「わざわざお姫様っぽい言葉遣いなんてしなくていいのに」

「ダメ。団長は『王様に対抗するなら、お姫様だな』って提案してくれたの」

「適当な理由……」

「適当な人よ。その王政をぶっ壊すために動いているのにね」

スージーは風呂桶《ふろおけ》を使って、エルナに優しくお湯をかけてくれた。

身体の汚れが流される感覚に、ふぅっと息を吐いていた。スージーに「先に入りなよ」と促されて、エルナは浴槽に浸《つ》かった。

冷え込んだ指先がじんわりと温まる心地よさにウットリしてしまう。

『創世軍《そうせいぐん》』から逃亡している最中だというのに、まさか温かな風呂にありつけるとは。

改めて前団長には感謝しかない、と思いつつ「最高なの」と呟いた。

「ええ——極上よ」

思わぬ言葉が返ってきた。

彼女は浴槽の縁に腰をかけ、誇らし気に笑っている。

「…………？」

「団長と副団長の口癖。『極上だぜ』『極上だね』って。真似《まね》しちゃった」

ご機嫌を隠すことなく、自慢してくれる。

エルナは目を見開いて、固まっていた。

彼らの口癖には聞き覚えがあった。正確には『極上だ』と口にする男のこと。彼が繰り返し与えてくれた優しい褒め文句。

次々とピースが繋《つな》がっていく。

二年前に活動していた、秘密結社。他の秘密結社にスパイの手法を広め、前国王さえ退けた前団長と前副団長。とある双子が二年前、王国にいた事実は知らされている。

そういうことか、とエルナは強い感動を覚えた。

「――『煤煙《ばいえん》』のルーカス、『灼骨《しゃっこつ》』のヴィレ」

「……？　どうして、その名を？」

今度はスージーが固まる番だった。

愕然《がくぜん》とするように呆《ほう》け、大きく開かれた瞳でエルナを見つめている。

その反応で己の仮説が間違っていなかったと気が付いた。

「もしかしてアナタ……ただの活動家じゃないの？」

スージーから向けられた問いに、首肯する。

彼女には明かしていいはずだ。なにせディン共和国の伝説的なスパイチーム『焔《ほむら》』のメンバーたちが選んだ協力者。クラウスの兄貴分たちの知り合いだ。

「もしかしたら――」

スージーが感極まったように肩を震わせる。

「――ワタシはアナタたちをずっと待っていたのかもしれない」

彼女の眼《め》から一滴の涙が流れるのと同タイミング。

『灯《ともしび》』と『LWS劇団』は結ばれる運命にあったのだ。

話が長くなりそうなので、身体《からだ》を冷やさぬようスージーも浴槽に浸かった。

少女二人が入るにはやや手狭ではあったが、今は機密情報を交換する場。機密性が高く、顔を近づけて会話できる浴室は偶然にも打ってつけ。

ディン共和国の伝説のスパイチーム『焔』について語ると、スージーは身を乗り出す。

「……『焔』…………そうよ！　聞いたことがある！」

勢いよく立ち上がり、エルナにまでお湯を飛ばしてくる。

身体を隠すことなく詰め寄ってくるので、エルナは羞恥心に駆られた。

「お、教えて！　あの二人は何者だったの⁉　そして、アナタたちは——」

「は、話す……！　話すから‼」

ひとまずスージーを宥《なだ》め、深呼吸をさせた。

この無邪気な振る舞いが本来のスージーのようだ。十四歳という幼さがまだ残り、賑《にぎ》やかな言動。変に大人びてお姫様ぶられるより、ずっといい。

エルナは額から垂れる汗を拭い、話を促した。

「まずはアナタのことを教えて」

「話したら、ルーカスさんとヴィレさんのこと教えてね？」

心配そうに見つめてくる彼女は、やがて語りだした。

元々は孤児院の少女だったが、ある悪名高い貴族に買い取られ、闇社会を通して人身売買の商品にさせられかけたこと。窮地をルーカスに助けられ、使用人として雇われたこと。気づけば、彼らの任務を積極的に手伝っていたこと。

ルーカスたちは、工作のターゲットを代議院議員に定めていた。

国王の統治を推し進める王党派議員を巧みな技術で増長させ、孤立させる。他党員に内閣不信任案を提出させ、すぐに行われた代議員選挙でも暗躍を続けた。

ゲーム師という自称に違《たが》わぬ魔法のような手腕だったという。

「選挙期間中にもどんどん組織を大きくしていって、仲間を増やしていって――」

スージーは懐《なつ》かしむように当時のことを語ってくれた。

「本当に革命直前まで王政府を追い込んだ」

選挙で敗れた国王と王党派は、選挙結果を認めなかった。当時の王党派議員による内閣は再選挙を要求し、みっともなく権力にしがみ付いたという。

ルーカスいわく、いずれ国民の不満が爆発するはずだ、と見込んでいた。悪足掻《わるあが》きを繰り返す国王と内閣――貴族や議員などの上流階級も、国王親衛隊も、民衆も、全てが愛想《あいそ》を尽かすタイミング。他の秘密結社と連携し、革命の下準備を整えた。

が、革命直前『ＬＷＳ劇団』に不測の事態が起きてしまう。


「けれど――その時期に、ルーカスさんとヴィレさんは殺された」


唐突な情報に、え、と声を漏らしてしまった。

彼らの死亡は知っていたが、あまりに急展開だった。

スージーは涙を堪《こら》えるようにお湯で顔を拭う。いまだ消化しきれていないのだろう。

「何があったの？」

「分からないの。なんにも」

「そんな……」

「そのあと、国王の退位が発表された」

自嘲気味に彼女は笑った。

「もう集った反政府結社はバラバラ。祝福する者もいれば、能天気に『これで国が良くなる』って浮かれる者もいた。変わるはずもないのに」

そのまま革命は頓挫してしまったという。

分かりやすいガス抜きだ。ニケの計略だとは疑う余地もない。

「以降はボロボロ。『LWS《ラヴィス》劇団』の構成員も次々と逮捕されて、ルーカスさんたちの功績を知る者は次々ニケに消された……『LWS劇団』は実質、活動停止状態……」

「…………」

「今は、アルチュールさんとワタシで……組織を存続させている……」

あっという間の崩壊。ルーカスとヴィレの人柄で大きくなった組織なので、当然か。

詳しく聞くと、アルチュールはルーカスが引き入れた男らしい。組織が大きくなり始めた頃から熱心に活動してくれ、社交界に顔が広い彼は多くの手助けをしてくれた。

能力的には彼の方が上だが、ルーカスたちが亡《な》くなった後、スージーが団長を継ぐべきと彼は進言してくれた。今は彼の庇護《ひご》下でなんとか生きていけている。

——反政府活動の現場で、花火を打ち上げる。

それが唯一の活動だ。団長たちの遺言。亡くなる直前、なぜか血だらけの彼らはスージーの前に現れ、その旨《むね》を伝えてくれた。ぼくらの仲間が見つけてくれる、と。

エルナは彼女の手を取り、火のコードネームを有する男の名を明かした。


「『燎火《かがりび》』のクラウス——それがワタシたちのボスで、アナタが待っていた男」

スージーは嬉《うれ》しそうに目元を擦《こす》った。

「そう、きっと素敵な人なんだろうね」

「ルーカスさんは、語ったことがないの？」

「うん。ただもう一人、優秀な弟分がいるって自慢されたことはあったな」

「その人なの。とっても優しくてカッコいい、ワタシたちのせんせい」

クラウスのことになると、エルナも誇らしくなってしまう。

穏やかな気持ちで明かした。

「ワタシたちは『焔』を継いだ、ディン共和国のスパイチーム『灯』のメンバー」

『義勇の騎士団』の代表ではなく、『灯』のスパイとして挨拶をする。

スージーは笑いながら頷《うなず》いた。

「この国に来てくれてありがと、『灯』のスパイさん」

お湯の中から伸びてきた手を、エルナは握り返す。

だが、スージーの笑顔を真《ま》っ直《す》ぐに見つめ返せなかった。

『灯』を意識した瞬間——またエルナの胸に冷ややかな痛みがはしる。

喜ばしい出会いに感動はすれど、状況が進展するわけではない。

スージーの口から知らされたのは、クラウスの兄貴分でさえ革命は成し得なかったという絶望的な知らせ。『焰』のスパイでさえ屈し、革命を果たせずに命を落とした。

また心が縮こまるように苦しくなって、息さえできなくなっていく。

「一緒だね」

スージーが口にした。手を離さないまま。

どういう意味か分からず呆然《ぼうぜん》とすると、スージーは「いや、一緒なんて言ったらダメね。アナタの仲間は生きているんだもの」と訂正し、すまなそうに首を横に振った。

「ワタシもね、大好きだったんだ。ルーカスさんとヴィレさん」

「え……」

「二人が殺されてね、何したらいいか分かんなくなっちゃった……」

再び泣き出したスージーの涙が、浴槽の中に落ちていった。

一緒、という言葉がようやく腑《ふ》に落ちる。

彼女は既にジビアから聞いていたのだ。エルナの仲間が拘束されていること。既にリリィが捕まり、サラが目の前でニケに屈したこと。生死さえ分からないこと。

スージーはそれ以上の喪失を体験している。

「ワタシのせいだって、もっとワタシがしっかりしていればって、ずっと考えちゃうの……アルチュールさんは慰めてくれるけど……ダメね……二人が残してくれた組織なのに……全然、団長らしいこともできなくて」

泣きじゃくる姿は、エルナより幼い少女そのものだった。

幼い少女が運命に翻弄され、秘密結社の代表として絶対的支配者に立ち向かう。

彼女が味わった二年間の地獄に想《おも》いを馳《は》せ、エルナは息を零《こぼ》していた。

自然とスージーの頭を撫《な》でていた。

かつてサラやジビアがそうしてくれたように。

スージーは振り払うことなく、手の下で震え続けていた。

（きっと……）エルナは唇を噛んでいた。（この子もまだ立ち直れていないんだ）

闊達《かったつ》に振る舞い、お姫様として気高く生きようとした少女。

それは虚勢だ、と目を赤く腫らして嗚咽《おえつ》を漏らしている姿が教えてくれる。

「ごめんね」

スージーが首を横に振った。

「本当はワタシがアナタを慰めなきゃいけないのに……アナタを見たら、ワタシが自分のことを思い出しちゃった……」

「ううん。その優しさが嬉しいの」

「なんでこんなつらい思いをしなくちゃいけないんだろうね……？」

うん、と彼女の頭に触れながら同意する。

間違っているのだ、と想いを確かにする。

スージーのような少女が国を変えるために奮闘しなくてはならない。仲間の死に嘆きながらも諜報《ちょうほう》機関から逃げ、王政府に刃向かう——そんな世界が正しいはずがない。

この現状を生み出したニケが憎くて仕方がなかった。


感情が落ち着いた頃、エルナたちは再び地下に戻った。

地下墓地の会議スペースでは、ジビアとアルチュールが熱心に情報のやり取りを交わしていた。アネットは地下墓地の内部に興味をもったらしく、あちこち探検中らしい。

エルナは「聞いてほしいことがある」と告げ、スージーと『焔《ほむら》』の事実を話した。

メンバーは意外そうな反応を示し、アルチュールが「この出会いに感謝ですな」と柔《にゅう》和《わ》な笑顔を見せてきた。スージーが「アルチュールさんが、ジビアさんを見つけたおかげよ」と笑いかけた。

語り終えると、ジビアが労《いたわ》りの視線を向けてきた。

「それで？　エルナ、お前は動けそうなのか？」

「…………っ」

やはり言葉を詰まらせてしまう。

頭では理解しても、心が続いてくれない。仲間を助けるという使命感を燃やせど、ニケから浴びせられた殺気は感情を凍りつかせてしまう。

顔を伏せると、ジビアが「悔しいな」と苦笑した。

「あたしがいるっていうのに、まだ安心できねぇか」

「そ、そういうわけじゃ……」

「ん、大丈夫。仕方ねぇことだからよ」

彼女は手を振ったあとで、にやりと口角をあげた。

「だからさ――もっと頼れる奴《やつ》らを呼ぶことにした」

「え？」

「当然だよな。ニケを止めるのは、アイツらの役目なんだから」

頭に過《よぎ》ったのは、『ニケ班』に命じられた二人組。革命の最大の障害になるニケを封じるという、最も危険に満ち、最も高難度のミッションが与えられた班だ。

加えてある意味で最も不安が大きい、二人組。

メンバーの誰もが思った――この組み合わせで大丈夫なのか、と。

エルナが瞬《まばた》きをしていると、地下墓地の奥から獣の唸《うな》り声が聞こえてきた。

「うううううぅぅぅぅうううううううう」

一人の少女が全力で駆け込んできて、テーブルの上に豪快にダイブした。

「アネット⁉」

突然やってきたアネットはなぜか涙目になっている。テーブルに広げたファイルなどを吹き飛ばしながら、足をじたばたと動かしている。

「俺様、ぶっ殺してやりますっ‼」

「は、はぁ……？」

「ぜってぇリベンジしますっ‼　『身長変わらないね』ってバカにされましたぁっ‼」

悔しそうに憤怒《ふんぬ》を滲《にじ》ませている。

アネットの身長を堂々とバカにし、簡単にあしらえる人間など一人しか知らなかった。

──『灯《ともしび》』の少女たちで最も不遜で、ずば抜けたセンスの持ち主。

直後アネットが駆けてきた道の奥から、嘲笑する声が聞こえてくる。

「だって実際、変わってなかったんだもん」

訪れたのは、二人の仲間。成長を遂げた蒼銀髪《あおぎんぱつ》の少女。そして、もはや少女とは呼べない程のアダルトな魅力を有する黒髪《くろかみ》の女性。

「──キミは大きくなったみたいだね、エルナ」

「ええ、私みたいな麗《うるわ》しきレディに一歩近づいたわ」

「モニカお姉ちゃん……ティアお姉ちゃん……」

エルナは呆然と声を漏らす。

モニカは印象を大きく変えていた。伸びた身長と、一度彼女の写真が流出したために意識的に変えたのが理由か。喉元を襟で隠し、顎の肉が引き締まり、ハッキリと男性めいた印象を与えるようになっている。露出させるようになった両目は周囲を拒絶するような孤高を宿し、超然とした雰囲気があった。

そして久しぶりに見るティアは元々少女離れしていた美しさに磨きをかけていた。まるで修道女のような落ち着いた装《よそお》いで露出度は下がっているのに、服から覗《のぞ》く胸や太ももの膨らみがより一層強調され、ニケにも劣らぬグラマラスな姿態だった。うっかり身を許してしまえばどこまでも呑《の》み込まれそうな妖しさがある。

「やってもらいたいことがある」

再会の感想を交わす前に、ジビアが挑発的に語りかける。

「ニケを封じ、国王親衛隊を口説き落としたい――お前たちならできるだろ?」

「余裕でしょ」「余裕よ」

当然のように即答するモニカとティアは、どこまでも勇ましい。

『灯』の実力派たちが、満を持して合流を果たしてくれたのだ。

5章　親衛

頭部のない女神像が、エルナの前に聳《そび》え立っていた。

女神を象《かたど》った、有名な大理石製の彫刻だ。空から船の舳先《へさき》に降り立った瞬間の女神と説明されている。頭部と両腕は失われているが、背中から伸びる大きな翼は勇ましく、雄大な美しさを有している。

――勝利の女神。

今から行う任務を想起し、エルナは緊張で手に滲む汗を拭っていた。

（まさか、こんな場所で行うなんて……）

世界最大級の美術館「ルミューゼ美術館」――それが交渉に選んだ場だった。

ライラット王国が誇る、芸術の総本山。世界中から芸術品がかき集められ、収蔵品の数は数万に及ぶ、王室権力の象徴。王国が輩出した芸術家たちの名作から略奪品まで、世界中の美を余すことなく結集させんという気概を感じさせる。

一日で回りきれない広大な敷地《しきち》は、たくさんの来場客でにぎわっており、正体を隠さねばならないエルナは自然と身を縮こませていた。

己の顔を隠す変装を施してあるが、ニケならば一発で看破するだろう。だが幸い、彼女は周りにいない。良くも悪くも目立つ彼女が美術館に来れば、歓声が沸くはずだ。

そう理解しても尚《なお》、人混みを進むことに不安を抱いた。

ジビアと街を歩いていた時には感じなかった。一度発症した病のような恐怖は、今もエルナの身体《からだ》を侵食している。

有名な女神像を眺めながら、エルナは固く唇を噛《か》んでいた。

『あたしの手紙は無事に届けられたみたいだ』

昨晩ジビアから報告があった。

彼女の幅広い親衛隊の交友関係。「ラブレターを渡したいんだ」という嘘《うそ》を用いて、彼女は飲み仲間を通して、ターゲットに手紙を送った。

――王政府に関する秘密を密告したい。

相手はその場で読んでくれたようだ。文面を周囲に見せずに。

『来てくれるってよ。ただ、そこからの交渉はティアとエルナ次第だぜ？』

ジビアは役目を完璧に果たしてくれた。

彼女は「あたしじゃ忠誠心に篤《あつ》い親衛隊相手に何もできなかった」と悔しがっていたが、

彼女の尽力がなければここまでスムーズに事は運ばなかったはずだ。

あとは、隣の頼れる交渉人に任せるしかない。

(ティアお姉ちゃん……)

駆けつけてくれた交渉の達人――『夢語《ゆめがたり》』のティア。

一年前よりずっと大人びた彼女は、大勝負の直前だというのに静かな微笑を浮かべている。展示された作品を順番に眺めながら、うっとりと頬に手を置いていた。

「ねぇ、アレを見て」

彼女が軽やかに声をかけてきた。

視線を移すと、ティアの前には大きな石像が置かれている。

「かの有名な女神像よ」

それを見て、エルナもまた、お、とだけ口にした。

芸術の本で見たことがある。両腕が損失している女神像。身体をしなやかに曲げる女性美を醸《かも》す像は静謐《せいひつ》でありながら凄《すご》みを感じさせる。腕を失《な》くしたことでそこに無限の想像を喚起するのだと解説があった。

その美しさに惚《ほ》れ惚《ぼ》れしていると、ティアがにんまりと口を緩めた。

「胸のサイズなら負けていないわね」

「あら、この美術館の全ての女神像と競い合っていたのだけれど」

「競い合うな、なの！」

「……そんな見方をしているのは、ティアお姉ちゃんだけなの」

任務直前にそぐわない会話に、肩の力が抜けてしまった。

「ふふ、こんなやり取りも久しぶりね」

ティアは次の彫刻の方に足を動かし、そっとエルナの背中に触れた。

「――心配しなくていい。ターゲットは私がきっちりと仕留める」

耳元で囁《ささや》かれる、力強い声音。

前を見据える彼女の瞳を見て、リラックスさせてくれたのだ、と気がついた。

次の瞬間、豪快にくしゃみをする音が隣のスペースで轟《とどろ》く。

アネットだ。彼女は少し恥ずかしそうに鼻を押さえ、トイレの方に歩いていく。一瞬、人々から視線を集めたが、それだけだ。

サインだ。

ターゲットがこの美術館に訪れた。

相手は指示通り、まず二階のトイレに入っていくだろう。奥から三番目の個室トイレの便器に隠された手紙を読み、内容を元に次の場所に移動する。迂遠《うえん》なやり方を採用する理由は、彼が尾行されていないか、部下を連れてきていないかを確認するためだ。

「そろそろお腹《なか》が空《す》いてきたわね」

ティアが苦笑いしながら、恥ずかしそうに顔を赤らめる。

「今日はこれくらいにして、休憩しない？　屋外でパンでも食べましょう」

エルナは頷《うなず》き、ティアと共に移動を始める。

国王親衛隊の中佐を口説き落とすための、任務の場へ。

◇◇◇

計画は、三日前に練り終えていた。

モニカとティアが駆けつけた当日だ。彼女たちは早速地下墓地での会議に加わった。仲間が捕まっている以上、余計な時間はかけていられない。

ターゲットはジビアが定めた。

「――ウディノ中佐。主にピルカの北エリアを警備している国王親衛隊だ。『創世軍《そうせいぐん》』の悪名高い集団『ニルファ隊』と連携し、部下を動かしている」

ジビアは、かつて彼が所属していた陸軍基地を訪れ、プロフィールを聞いていた。

四十二歳。妻子あり。ただし前妻は既に亡《な》くなっており、子どもは前妻との間にできた長男のみ。前妻が亡くなった要因は世界大戦。当時、軍需工場で労働していた彼女はガルガド帝国の爆撃により死亡。戦後、陸軍情報部に所属していた彼は国王親衛隊に自ら志願。能力を買われ中佐に任命。六年前、再婚した。

部下上司家族地域住民から万遍なく好かれている。

趣味は釣りで、休暇が取れると息子を引き連れ、他の同僚と海に出かけている。

「ここ最近、『創世軍』の指示で、秘密結社を三つ潰したようだ」

ジビアはピルカの親衛隊からも情報を得ていた。

「メンバーの拠点や住居を一斉に取り囲み、関係者全員を拘束。収容所で尋問しているようだ。ただ今回の指示にはかなりの不満を漏らしていた」

「不満？」

「関係者全員やる必要はあるのかってさ」

アルチュールの疑問にジビアが答える。

「ビラ配りを手伝った程度の人間を尋問しても成果はない、とな。ま、当然だな」

「ニケや王政府に不満を抱いている、と？」

「そう判断すんのは軽率だが、話くらいは聞いてくれそうってことだ」

ジビアがパシンと音を立てて、開いていた手帳を閉じた。暗号化されている、彼女の大量の友達リストである。

「ウディノ中佐の部隊は、炭鉱群でのストライキの鎮圧にも関わっているわ」

次は、スージーが語り出す。

エルナたちが訪れた、ベルトラム炭鉱群の件だ。

「彼含めて五人の中佐が駆り出されていたけど、唯一、戦闘回避を望んだそうよ」

国王親衛隊の中にも『LWS劇団《ラヴィス》』のメンバーはいるようだ。末端であり、さほど影響力はないようだが。

その人物いわく、ウディノ中佐はかなりの発言力があるようだ。国王親衛隊の中でも彼は有能な上司として、多くの若者隊員から支持があるという。将官クラスの人間とも交流があるようだ。先週だけでも二回、酒場で呑み交わしている。

つまるところ、結論は一つ。

「俺様っ、なかなかに打ってつけの男だと思いますっ！」

アネットが偉そうな笑みで両腕を組む。

彼ほど手駒にするに相応《ふさわ》しい者はいない。部下や仲間に革命の賛同を説得でき、かつ、大衆の味方になってくれる人道的な価値観を有している。完璧だ。

楽観的に笑うアネットを見て、ジビアが悩まし気に腕を組んだ。

「ただアネット、分かっていると思うが――」

「んん？」

「――親衛隊内で評価が高いってことは、明確な帝国嫌いってことだぜ？」

およ、と可愛《かわい》らしくアネットは目を見開いた。

スージーも同意見のようで「その通りよ」と口元に手をやる。

「ガルガド帝国を憎悪《ぞうお》し、治安を脅《おびや》かすスパイや秘密結社には容赦しない。国民には親身というだけよ」

口にするのさえ躊躇《ちゅうちょ》するように、小さな間が空いた。

「王政府は素晴らしく、社会問題は全て帝国のせい――典型的なニケ信者」

国民のために働くことと、ニケのために働くことは矛盾しない。

国民を想《おも》い、国土を愛し、国家を崇拝する者であれど、民衆を蔑《ないがし》ろにし、貴族の私腹を肥やすだけの王政府を信奉する。

——帝国と戦う王政府こそが正しく、異を唱えるのは他国のスパイ。

エルナは納得できないが、それがこの国の常識なのだ。

ジビアが大きな溜《た》め息と共に身を仰《の》け反らせた。

「加えて言えば、あたしらが注目しているってことは、どうせ『創世軍』も警戒しているだろうよ。『創世軍』の幹部もよく彼と会い、親密な関係を築いているぜ」

裏切らないように、という根回しだろう。

その強固な価値観に付け入る隙はない。一年間、ジビアとサラが国王親衛隊周りで暗躍しながらも、全く懐柔が進まなかった。将官、将校クラスは王政府の忠犬だ。

攻略の仕方が見えない。

彼のプロフィールを見ても、寝返らせられるような弱みもない。守るべき家族もいる。

王政府に刃向かうような提案は呑まないだろう。

ジビアとエルナの視線は、自然とティアに集まった。

「——私に最高のアイデアがあるわ」

怯《ひる》むことなく、堂々と言ってのけた。

心強い返事に、頰が緩む。スージーやアルチュールも驚愕《きょうがく》するように息を呑《の》んでいる。

続けてティアは、一年間練ってきたというアイデアを一部披露した。

――王国全てを掌握するニケを出し抜き、市民革命を成すための裏技。

聞き終えると、エルナは唖然《あぜん》としてしまった。

確かに達成できれば国王親衛隊を掌握でき、形勢が大きく変わる。だが、その綱渡りのような危うさを受け止めきれなかった。

「しょ、正気なの？」

「い、いや、仮にそんな真似《まね》が可能なら理想だが――」

エルナに続けて、ジビアが困惑するように頭を掻《か》く。

「け、計画の場所を変えられないのか……？　本当にこの首都のド真ん中で？」

「ん？」

「もっと穏便に、せめて美術館じゃなく。そう――例えば、ディン共和国だ」

祖国の名を挙げ、ジビアが身を乗り出す。

「あたしらの国まで呼び出せば、もっとスムーズに――」

「それが無理ってことは、アナタも分かっているでしょう？」

ティアが小さく首を横に振った。

「そもそも、そんな場所までウディノ中佐を呼び出せるはずがない。計画を果たす場所はピルカよ。これは作戦上、変えられない」

確信を持った声音だった。

そこでアネットが手をびしっと挙げ「グレーテの姉貴には相談したんですか?」と尋ね、ティアが「今の彼女はどこにいるのかも不明よ」と返答する。

メンバーがバラバラで動く今回の任務では、どうしても密の連携は取れない。サラの《高天原《たかまがはら》》という道具と動物があれば、連絡や相談がぐっとしやすくなるのだが。

グレーテは多忙か。あるいは捕まったのか。聡《さと》い彼女に相談ができないのは痛手だ。

それでもジビアは尚《なお》、苦し気に主張する。

「けど、その作戦だとエルナが――」

「…………………っ」

指摘され、エルナは呼吸を止めていた。

ティアの作戦では、エルナの同行が前提だ。むしろ、かなり危険に晒《さら》される。

だが今のエルナは、任務などままならない精神状態。座っているだけで精いっぱい。胸を圧迫する不安に辞退を申し出たくなる。サラを助けるのだ、と自身を鼓舞した次の瞬間には、血塗《ちまみ》れのサラが脳裏に過《よぎ》る。ニケに刻まれた絶望がメンタルを食い荒らす。

「――甘えるな。四の五の言わずに従え」

鋭い声が飛んできた。

顔をあげると、モニカの蔑むような眼差《まなざ》しに気が付いた。長く続いてしまった会議そのものを毛嫌いするように、首を曲げている。

しばらくぶりに会う彼女の視線は、厳しく冷たかった。

「モニカお姉ちゃん……」

「泣き言を吐くなら帰国しな。今回の任務の中心はエルナ、キミのはずだよ？」

静かな怒りを宿した声音だ。

地下空間にいる誰もがモニカの怒気に圧倒される。スージーは心配そうに、アネットは不服そうに、ジビアは困惑するように表情を変えた。

ティアが顔をしかめ「モニカ」と窘《たしな》めるように名を呼んだ。

「くだらない恐怖に身を竦《すく》めるな」

モニカは表情を変えずに言葉を続けた。

「キミのそばには、もうボクがいるんだよ?」

「――――」

励ましの言葉だと気づくのに、時間を要した。

エルナは瞬《まばた》きを忘れて、怒ったような顔のモニカを見つめる。

ジビアが大きく息を吐いて「普通に励ませよ」と苦笑し、アネットが「俺様っ、いちいちキザったらしくてムカつきます」と頰を膨らませる。

話についていけずスージーとアルチュールが目を白黒させている。

「捻《ひね》くれ者で自信家なのよ。それに見合う実力があるけど」

ティアがそう説明し、場をとりなした。

完全ではないが、微《かす》かに呼吸が楽になった。

エルナは「やるの……!」と頷《うなず》いた。膝の上に置いた手はまだ震えているが、サラを助けるためには、多少の無理は覚悟の上。

周囲のメンバーから、おぉ、という声が漏れる。

「話はまとまったようね」

ティアは満足げに笑みを零《こぼ》すと、顔の横で手を合わせた。

「じゃあエルナの心をほぐせるように——私がスペシャルなマッサージをしようかしら」

「「「ん？」」」

場の流れが変わった。

明らかにおかしくなった。

——突然になぜ、マッサージ？

頭に疑問符を浮かべ、エルナは首を傾《かし》げる。

が、ティアはニコニコとご機嫌な表情で、指をわきわきと動かしている。

「この一年で、私は男だけでなく女性も魅了できるマッサージを習得したわ。そう、今の私に隙はない！　特製ローション使用！　快楽で脳をぐしゃぐしゃに壊してあげるわ！」

張り切る姿勢に、エルナは「の、の……？」とたじろぐ。

ジビアが呆《あき》れたように「キモイ方向に成長するな」と額に手を当てた。

ティアはふふ、と大人びた笑みで振り返る。

「あら？　まずはジビアから行く？」

「あ？」

「女同士で絡《から》み合うのも良いものよ？　一年の成長、確認してあげるわ。エルナ、ジビア、アネット、そして、スージーちゃんの順ね」

「ワ、ワタシも対象に含まれているの!?」

「俺様、嫌な予感がするので遠慮します！」

スージーとアネットが同時にドン引きし、アルチュールが気まずそうに肩を竦める。

どうやら再会に興奮しているらしい。ティアはジビアに抱き着くように接近し、その整った顔面を鷲摑《わしづか》みにされ、引き剝がされている。

彼女の奇行に驚きつつも、久しぶりの賑《にぎ》やかな光景に涙が出てきそうになる。

やがてモニカが呆れたように「『灯《ともしび》』の恥を広めるな」と彼女の尻を蹴り飛ばした。

◇◇◇

美術館の外に出た先には、大きな広場がある。

かつて宮殿があったらしいが大戦の被害で焼失し、今では戦争の勝利を祝う凱旋門《がいせんもん》が建てられている。近くにはパン屋やベンチがあり、ここも観光客で賑わいを見せていた。

身体《からだ》を休めるスペースもそこらにあり、市民にとって憩いの場なのだろう。

ティアとエルナは椅子に腰を下ろし、同時にサンドウィッチを口にした。

味は緊張で分からない。

円形のテーブルとそれを囲む、二つの椅子。それが八組、並べられている。陽が沈み始めた時間帯のためエルナたち以外の人はいない。

やがて目的の男性が美術館から歩いてくるのが見えた。

ワイシャツとベージュのパンツ。気取らずシンプルな服装を良しとするピルカ市民の典型的なスタイル。一人美術館を楽しんできたような和やかな表情の中年男性。

途中、よそ見をしながら駆けてきた女の子とぶつかりそうになった。彼は膝にぶつかりそうになった女の子を「おっと、大丈夫かい？」と優しく抱き留め、母親らしき女性に引き渡し「よい休日を！」と手を振って別れる。

彼は売店でサンドウィッチを買うと、エルナたちの隣のテーブルに腰を下ろした。

あくまで別々のテーブルに座っている――それを装《よそお》って数秒後、彼が口を開いた。

「キミたちなんだな？　俺を呼び出したのは」

低く静かな声だった。

――ウディノ中佐。

四十二歳という年齢より、若々しい容姿だ。勇ましく刈り上げた髪に、はちきれそうなほどに健康的でガッシリとした軍人らしい出で立《い》ち。堂々とした体躯《たいく》を持てあますように肩肉が盛り上がり、ぶつかればエルナはたちまち吹っ飛ばされるだろう。

声には警戒のような緊張が感じられた。

「ここまでご足労、ありがとうございます」

ティアがサンドウィッチに視線を落としたまま、口にする。

探るように視線を向けてきたウディノ中佐に「前を向いたままで」と釘《くぎ》を刺した。

「どこの誰が見ているか分かりませんので」

「……随分と警戒しているようだな」

「トイレに新聞が置いてあったはず。それで口元を隠しながら、会話をしてください」

ウディノ中佐は渋々といった顔で、カバンから新聞紙を取り出した。周囲から口元が見えないよう、顔の前で大きく広げる。

「キミたちの方こそ、無線機や録音機の類はないだろうな？」

「確認しますか？」

「……いや、いい。この距離では声など録音できないだろう」

ティアは身体のラインがハッキリと出る服を着ている。武器や機械の類は持っていないとアピールするためだ。エルナは彼と距離を置いている。

声だけがギリギリ聞こえる距離。盗聴はできない。

「アナタのような人は初めてではない」

ウディノ中佐は、新聞紙を広げた自然な姿勢で語り出す。

「『妻がスパイの協力者かもしれない』『息子が反政府活動に与《くみ》しているようだ』国王親衛隊の事務所にはそんな通報が相次ぐよ。そして、稀《まれ》に俺に直接会いに来る者もいる」

新聞紙を捲《めく》り、小さな声で彼は口にした。

「『命だけは助けてほしい』——そんな切実な願いを持った者だ」

ティアが意外そうに、へぇ、と頷いた。

彼の言葉には、相手に対する労《いたわ》りの気持ちが感じられた。

「助けて差し上げるのですか？」

「場合による。帝国のスパイに唆《そそのか》されただけの国民を過度に虐《しいた》げる気はない。悪いのは帝国の悪鬼共だ。俺はニルファ隊のような奴《やつ》らとは違う」

「素晴らしいですわね」

「悪魔に惑わされた国民を救う——それが国王親衛隊の立場だからな」

「そのためなら法令違反も辞さない、と？」

受け答えは堂々としており、嘘《うそ》の色は見えなかった。

心の底からニケを信奉し、帝国を恨む男。

「キミの願いは何だ？　警察には話せないことか？」

「…………」

飛んできた問いに、そばにいるだけのエルナも息を止めていた。

こちら側の要求はただ一つ──『革命に協力してほしい』

もし民衆が動き出した時、彼らを守る立場に立ち、小銃を向ける真似《まね》はやめてほしい。

他の部隊を説得し、できることなら革命に加担してほしい。

革命を成すには、国王親衛隊の助力は不可欠だ。

そうでなければベルトラム炭鉱群のストライキのように、暴動は即刻鎮圧される。

（どう切り出すの……？）

エルナは、交渉を担《にな》うティアの横顔を見上げた。

（最初の一言を間違えたら拘束されかねない）

ティアが具体的にどう交渉をしていくのかは聞いていない。相手の出方によって、さまざまにカードを切り替える、とだけ説明されている。

相手は強い確信と信義を抱き、国王親衛隊の職務に当たっている。

今のところ、革命に協力してくれる様子が微塵《みじん》も見えない。

息を止め、じっと緊張に耐えると、やがてティアは照れくさそうにはにかんだ。

「――私は、アナタの息子さん。ジョゼフ君と恋人なのです」

「――――――――!?」

予想外の切り出し方にエルナまで驚いてしまった。

当然、ウディノ中佐も目を見開いている。新聞紙で表情を隠すことも忘れ、ハッとした顔でティアの顔を見つめている。

ティアは顔を赤らめ、火照《ほて》った頰を手で押さえる。

「三日前から付き合いだしたばかりです」

もじもじと初心《うぶ》な態度で顔を俯《うつむ》ける。

「彼から熱く迫られまして、勢いのままに……ただ今後、恋仲を深めていくうえで、立派なご職業に就かれているジョゼフ君のお父さんに迷惑をかけないか、と確認したく」

「い、いやぁ……あまりに寝耳に水だ……っ」

ウディノ中佐も動揺しているようだ。

助けを求めにきたと思った相手が、まさか息子の恋人と誰が思うか。ティアの美しい身体を見つめ、はぁ、と気の抜けた声を漏らしている。

「息子はずっと恋愛に興味はなく、そんな素振りを見せたことさえなかったよ。勉強一筋で『就職するまでは色恋に現《うつつ》を抜かす気はない』と……」

ウディノ中佐は訝《いぶか》し気に眉を顰《ひそ》めた。

「本当かい？　キミのような美しいお嬢さんが、俺の息子と？　俄《にわ》かに信じ難《がた》いが」

彼の狼狽《ろうばい》ぶりを見て、話のペースをティアが握っていることに感心する。

ジョゼフという青年は女性と縁遠い生活を送っているようだ。そんな息子に突然、ティアのような美しい恋人ができたとなれば驚愕《きょうがく》するだろう。無下にもできないはずだ。

（なるほど。さすが、ティアお姉ちゃん。ハッタリで相手の興味を引いて――）

別に嘘《うそ》で構わないのだ。今のウディノ中佐に確認する術《すべ》はない。

ティアはなおニコニコと微笑を浮かべている。

「ジョゼフ君は右の脇のあたりに、大きな可愛《かわい》い黒子《ほくろ》がありますよね」

（ホントに寝やがっているのおおおぉっ‼）

ティアの早業に内心で絶叫するエルナ。

三日前の会議が終わった直後に、ジョゼフと接触し、籠絡《ろうらく》し、既にベッドを共にしているようだ。勉学に勤《いそ》しむ男をあっという間に魅了する手腕、強すぎる。

ウディノ中佐は気まずそうに顔をしかめた。

「……いや、いい。聞きたくない」

息子の情事など知りたくないのだろう。

新聞紙を一度テーブルに置き、顔を手で覆い「そういえば、ここ数日やけにオシャレに気を遣うようになったが……そういうことか」と呟《つぶや》いている。

ウディノ中佐の信頼を勝ち得たようだ。彼の態度が軟化したように感じられる。息子の恋人と分かり、邪険にできなくなったのだろう。

「キミは何者だ？」

また新聞紙を持ちあげ、ティアに質問を放った。

「こうやって秘密裏に会いに来た以上、俺の社会的名誉に関わる職業なんだな？」

「…………………………」

ティアは即答しなかった。

演技が含まれているだろうが、緊張の幾分かは本物だろう。

このまま恋人として挨拶を終え、ウディノ中佐の懐《ふところ》に潜り込むのもいい。だが、それでは革命に近づけない。捕らえられたサラとリリィを一刻も早く救いたい。

「話してくれればいい」

ティアの沈黙を躊躇《ちゅうちょ》と受け取ったのか、ウディノ中佐は優しく笑う。

「息子が選んだ相手なら、どんな事情があれど尊重するさ。どんな職種だろうと、それこそ帝国民でも構わない。国籍を捨て、この国に忠誠を誓うなら俺が守ろう」

「…………」

友好的な態度の裏に見え隠れする、帝国への差別意識。

引くべきだ、とエルナは身構えてしまう。彼を攻略するには時間がなさすぎる。

「私は反政府活動に従事しております」

ティアはハッキリと言いきった。

勝負に出た。場の空気が一気に変わる。

ウディノ中佐は新聞紙を傾け、ティアの方にハッキリと視線を投げかけた。驚愕と同時に、相手を穿《うが》つような厳しい眼差《まなざ》し。

しかしティアはなお、言葉を続ける。

「一人の女性を助けるために、ある地下秘密結社に協力しています。革命を志し、王政府の打倒を願っている。アナタとは敵対する立場なのです」

はきはきと淀《よど》みなく語ってみせる。

あまりに大胆なティアの一手に、エルナは瞬《まばた》きすら忘れ固まるしかなかった。

「ただ、どうか私が活動を続ける理由を聞いてほしく、ここに——」

「——いや、その必要はない」

刃《やいば》で断ち切るように鋭く、言葉は遮られた。

ウディノ中佐は椅子から立ち上がり、新聞を投げ捨て大股で歩み寄ってきた。ティアの前に立った彼は、とても大きく感じられる。

「俺の息子を誑《たぶら》かしているんだな？」

声には、ハッキリとした軽蔑の色が宿っている。

国民に対する穏やかな顔とは異なる——外敵を排除する国王親衛隊の顔。

「——ならば、俺はキミを拘束しなければならないようだ」

交渉は決裂したのだ、とひりひりと伝わる威圧をもって知る。
彼の瞳から窺《うかが》えるのは、愛国と盲信が入り混じったニケ信者のそれだった。

6章　諜神

ティアとウディノ中佐が邂逅《かいこう》する広場から少し離れた場所に、ジビアは待機していた。

本来は別場所で大仕事があるのだが、非常事態を懸念《けねん》しギリギリの時間まで見守っていた。もう移動していい時刻だが、ついつい美術館の周辺に居続けている。

どうしてもエルナやアネットが心配になってしまう。

（ティアとモニカの奴《やつ》、本当にうまくいくのか……？）

今回の肝となるのは、この二人だ。

元々高い実力を見せている二人ではあるが、一年を経て、どんな変化を辿《たど》ったのかは完全に未知数。コンビとしての相性が最悪なのは自明だ。

（あー、きっとサラもこんな気持ちだったんだろうなぁ……！）

捕まってしまった相棒を思い出し、悶々《もんもん》とする。

（全てを投げ捨て、エルナとアネットの下に駆けつけてぇ！　めっちゃ分かるぅ……！）

どれだけ離れていても『灯《ともしび》』の繋《つな》がりは強い、と認識させられる。

それでもジビアは自身の両頰を強く叩《たた》き、惑いを吹っ飛ばす。サラの時とは違い、今回は別の仲間が少女たちを守ってくれる手筈《てはず》なのだ。

（いや、信じるしかねぇんだ——バラバラに動いて、全員が成果を挙げる）

それが今回の任務の鍵。

離れ離れでも『灯』が目指すゴールは一つ。仲間を信頼し、己の役割を果たすのみ。

（サラとリリィを救って、また三人で馬鹿話がしてぇからな）

感情の整理を終わらせ、ジビアは己の仕事を成すために動き出す。

美術館前の広場から離れようと足を進めていた時だった。

「え………」

冷ややかな空気が首筋を撫《な》でていった。

何か異様な集団が横を通り過ぎていったのだが、絶対に振り向くな、と本能が警告を放っている。感じたことのないほどの恐怖が広場の方向に歩いていった。

その正体が何かを察すると同時に、ジビアは全力で美術館周辺から逃げだした。

◇◇◇

エルナは周囲一帯から音が消えるような不思議な感覚を抱いていた。

ウディノ中佐が示した、あからさまな拒絶。

ほとんど横にいるだけのエルナでさえ、身が竦《すく》んでしまう。

友好的な態度は脱ぎ捨て、使命感に燃える一人の軍人として目の前に立っている。国王親衛隊になる前は、一兵士として世界大戦を闘い抜いた男。

ティアの前に立つ彼から放たれる静かな圧が寒くて仕方がなかった。

「キミは勘違いをしているようだな」

軽蔑が滲《にじ》んでいる、非情な声。

「確かに徒《いたずら》に国民を虐《しいた》げる真似《まね》は好まない。息子が選んだ恋人ならば、尊重したい。だが、どちらも俺の正義を捻《ね》じ曲げない範囲でならだ」

彼は溜《た》め息のような声音で告げてくる。

「もう一度言おう——場合によるんだ」

最優先はあくまで国王親衛隊の使命か。

その姿勢には好感が持てるが、今は恨めしく感じた。たとえ息子の恋人であろうと、彼は迫られれば躊躇なく拘束できるか。

「…………」

ウディノ中佐の言葉に、ティアは沈黙したまま見つめ返している。

彼女が今何を考えているのか分からず、エルナの心臓が激しく鼓動していた。

さっきから通行人が消えている気がする。音が消えたように感じられたのは、気のせいではない。来場客が少ない時間帯なのか、ウディノ中佐の声がハッキリと響く。

「そもそも息子に近づいたのも、俺に取り入るためじゃないのか？」

（見抜かれている……）

彼は強い警戒心をもって、この場に臨んでいる。

きっとこれまでも彼を取り込もうとする輩《やから》は多くいたのだろう。

ようやくティアが口を開いた。彼の顔を見上げたまま。

「アナタは――」

「――アナタは今の王政府を守ることが、本当に国を守ることだと思うの？」

「王政府は、ガルガド帝国の侵略から国土を守った」

ウディノ中佐は即答する。揺るぎない確信がある。

「ブノワ前国王が指揮する王国陸軍が、帝国の攻撃に耐え忍び、我が国の諜報《ちょうほう》機関『創世軍』、そしてニケ様が戦況を覆《くつがえ》す一手を導いた。これは揺るぎない真実だ」

「もう十二年前のことよ」

「だから議員の汚職事件を針小棒大に取り上げ、王政府の全てを否定すると?」

もはや聞き飽きたと言わんばかりの態度。

ティアに発言の機会を与えずに、言葉をまくしたてる。

「この国の反政府結社のいくつかは学生が主体。キミも同じかな?」

せせら笑うようにウディノ中佐の口角があがった。

「戦場をその身で体験しなかった無知蒙昧《むちもうまい》の夢想家」

「…………っ」

『義勇の騎士団』のメンバーたちが浮かび、エルナは憤《いきどお》りを堪《こら》える。

確かに彼らの大半は若者で、世界大戦の最中は軍隊に守られてきた。痛みはあれど、最前線で闘った軍人から見ればまた異なるのだろう。

だが、ジャンたちは懸命に国を良くしようと奮闘している。

その奮闘を嘲笑《あざわら》う真似は認められない。

「知能があり、帝国のスパイに踊らされなければ、反政府活動などせんのだよ」

「けどアナタだって今の王政府に疑問を持っているはず」

嘲笑の発言を繰り返すウディノ中佐に、ティアが毅然《きぜん》と言葉を返した。

「クレマン三世が即位してから、あらゆる人権が制限された。出版物に検閲を掛け、集会さえも制限をかけ、政治活動を取り締まる。百年時代遅れの人権意識と法体制。なんでかしら？　過去にある秘密結社の活動によって王政府が脅《おびや》かされたのかしらね」

「何が言いたい？」

「王政府のやり方には問題がある――それはアナタも感じているでしょう？」

『ＬＷＳ劇団《ラヴィス》』によりブノワ前国王が退位してから、秘密結社潰しが加速した。

その事実を仄《ほの》めかし、ティアはにこやかに微笑《ほほえ》みかける。

「だからアナタは過度な弾圧を好まない。時に反政府思想を持つ者を見逃している」

「当然だ。王政府の全てを肯定しているわけではない」

「なら――」

「完璧な政府など存在しない。だからこそ守る。それが国王親衛隊の使命だ」

ウディノ中佐は厳しく伝える。

「ヴァレリー首相は言った。『国を変えたければ金持ちになれ』。政治に不満があるなら、勉学に励み選挙権を得ればいい。そのための秩序は俺たちが守ろう」

「だからニケの手足になって、秘密結社を潰している？」

「ニケ様ほど国を愛している者はいない。世界大戦の英雄――赤子でも知る常識だ」

ウディノ中佐とティアのやり取りがなされる横で、エルナは絶望していた。

二人の話は全く噛《か》み合っていなかった。
(無理だ……)
ジビアとスージーが選出した、最も話を聞いてくれそうな国王親衛隊の幹部。
しかし、そんな男でさえ説得に応じる気配もない。
(この人はこの人なりの正義を信じている)
そもそも認識の一歩目からズレている。
王政府の腐敗を、彼は外敵の脅威に立ち向かうために許容すべき必要悪と捉えている。
上流階級が私腹を肥やし続ける現状についても、いずれ解消されると楽観している。
(話がまるで通じない……)
彼を味方にできる未来がまるで見えなかった。
説得の取っ掛かりさえ摑《つか》めない。対話を続けても価値観の差が露《あら》わになるだけ。
想定よりも悪いはずの状況で、隣のティアがそっと「良かったわ」と口を開いた。
「――アナタと私の価値観は、完全に一致しているのね」
胸のつっかえが取れたような、安堵《あんど》しきった表情。胸に手を当て、顔の筋肉を緩め、可《か》愛《わい》らしく首を傾《かし》げている。

エルナの心情とは百八十度外れた感想だった。

「…………？」

ウディノ中佐も首を捻《ひね》っている。

突拍子もない言葉をかけられ、目を白黒させているようだ。

「……何を言っているんだ？　キミは」

「感激したのよ。私は、アナタと仲良くなれる。ここまで価値観が合うなんてね」

「キミは反政府活動をしているんだろう？」

「ええ、だからこそよ。私たちは同じ未来に進める」

ティアは強い確信を得られたように目を輝かせている。

その態度にウディノ中佐は薄ら寒い予感を抱いたようだ。さっきまで詰め寄る姿勢を崩さなかった彼が、初めて息を呑《の》んだ。

僅かに一歩下がろうとした彼の腕を、ティアがすぐさま摑んだ。

「――ねぇ、私のことをもっと見てくれません？」

彼女は立ち上がり、ぐっとウディノ中佐に顔を近づけた。

成長し、より大人の色香が増したティアの誘惑。

息子の恋人を名乗る女性だろうと、見惚《みと》れないはずがない。情欲を抱かないはずがない
――エルナでさえ理解してしまうほどに、ティアの瞳は蠱惑《こわく》的だった。

潤いに富んだ声音で、ティアが囁《ささや》いた。

「ね？　私と理解し合いましょう？」

読心が始まるのだ、と察する。

数秒視線を合わせた相手の願望を読み取る、ティアの特技。

ウディノ中佐は突然ティアに接近され、呆気《あっけ》に取られていたが、やがて相手の真意を推しはかるように見つめ返している。それは無意識の欲情なのか。

彼が堕《お》ちようとしている。ティアが張り巡らす甘い罠《わな》に。


「――茶番はもういいかい？　飽きちゃったぜ」


飛んできた冷ややかな声が、二人の間を引き裂いた。

声が届いたのは、エルナたちの背後。足音はなかった。

咄嗟《とっさ》に振り返った先にいたのは――『創世軍《そうせいぐん》』の頂点、ニケだった。

「え…………」

エルナの口から、生気のない声が漏れていた。

見紛《みまが》うはずがない、宿敵。

沈み行く夕日よりも眩《まばゆ》い光を放つ、美しい長髪。服の上からでも分かる肉付きのいい身体《からだ》のラインは、この世の女性とは一線を画す魔の美貌を纏《まと》っている。

身体から血の気が引くのが分かった。

立ち向かわなくてはならない。そう何度も覚悟し、幾度となく打ち倒す自分をイメージする努力を試みた。そんな幻想は全て溢《あふ》れ出す恐怖が上書きする。

ティアが咄嗟にウディノ中佐から離れた。

「やぁやぁ、ウディノ中佐。奇遇だね。芸術鑑賞が趣味とは知らなかったな」

ニケは軽やかに手を振り、ウディノ中佐の肩の上に馴《な》れ馴《な》れしく手を置いた。

「嫉妬しちゃうぜ。あんな女神像よりオレの裸体の方が美しいというのに」

ティアと似たようなセリフを吐いている。

ウディノ中佐は目を丸くし、固まっていた。ニケに見張られていたのだと気づいたようだ。薄気味悪く思うように顔が青ざめている。

「ニケ様……？」

「いや、いいんだ。反政府結社を三つも潰して、長時間にわたる尋問も疲れただろう？

優しいキミのことだから、泣きじゃくる活動家を見て王政府に疑問を持つはずだ」

「いえ、俺はそんな……」

「そんな時に訳アリ女性からの手紙。こっそり話を聞きたくなる。いいじゃないか」

ニケの指先が、ウディノ中佐の肩に食い込んでいく。

楽し気な声音を変えずに、強く握りつぶすほどの圧をかけている。

「次からは『創世軍』に知らせてくれよ？　これで六度目だろう？」

囁かれた言葉にウディノ中佐は、息の根を止められたように絶句していた。

彼が秘密裏に、秘密結社構成員の親族を助けていた事実は把握していたようだ。

邪魔者を追い払うようにニケはウディノ中佐を椅子に突き飛ばした。そのタイミングで周囲からぞろぞろと、異様な雰囲気を纏う人間が現れる。『創世軍』の工作員か。

その中には、覇気のない死んだ魚のような目をした男『タナトス』や、かつてエルナと講堂で争った骸骨のタトゥーの男『アイオーン』の姿もあった。

見渡せば、既に周囲一帯に一般客はいない。

人払いが行われていたのか。エルナたちには悟られぬよう、さりげなく。かつ迅速に。

ニケはやがて小さく手を振り、爽やかな笑みを向けてきた。

「これで三度目か――『愚人《ぐじん》』のエルナちゃん」

名前は既に把握されているようだ。サラから聞いたのだろう。

恐怖と憤怒《ふんぬ》がせめぎ合い、エルナは精いっぱい睨《にら》み返す。

「お手柄だね、アイオーン。完璧に現場を押さえられたようだ」

ニケはエルナの視線に取り合わず、部下に視線を送った。

アイオーンは大して嬉《うれ》しそうな顔もせず、顎を小さく動かす。

「どうも。やっぱり良い撒《ま》き餌《え》っすわ。ウディノ中佐」

「撒き餌……？」

困惑の声を漏らすウディノ中佐。やがて得心がいったようにぼんやりと口にする。

「……まさか、俺が周囲に『創世軍』の不満を漏らすことを見越して？」

「人が好《よ》すぎやわ、アンタ。おかげで食いついてくれたからえぇけど」

アイオーンが冷たく口にする。

「――もう用済み。引っ込んでな」

せせら笑う発言を続け、彼はウディノ中佐から視線を外した。

全員の視線がエルナに集中している。ニケ、そして、アイオーン。後方にはタナトス含む、六名の工作員たち。隙間なくエルナたちの逃げ道を塞いでいる。

緊張で息が詰まっていく。心臓が捻《ね》じられるような不安。

ティアは無言で顔を伏せている。

「言っておくけど」ニケが冷笑を瞳に宿す。「物陰に『忘我《ぼうが》』のアネットが潜んでいることは、分かっているよ」

咄嗟に言われた指摘。

ハッタリだと理解し、動揺を極限まで抑えた。目線を動かすような迂闊《うかつ》な真似《まね》はしない。

呑み込まれる恐怖に必死に抗《あらが》った。

ニケの前では無力だった。

ゼロコンマ一ミリの瞳の揺らぎでニケは、アネットの居場所を特定したようだ。

アイオーンもまた理解し「もう少し仕事しよか」と突如、跳躍する。

「っ‼」

無駄のない動きで、ゴミ箱の裏に隠れていたアネットを強襲。

彼女が武器を取り出す暇さえ与えずに喉元を摑み、地面に叩《たた》き伏せる。苦し気な声を漏らし、彼女は後頭部を強く地面に打ちつけた。

「アネット――‼」

咄嗟に駆け寄ろうとするが、ニケが立ちはだかる。

「逃げるなよ。せっかくの再会を楽しもうじゃないか」

伸ばされた右腕を、咄嗟に払いのける。

が、払ったはずのニケの右腕はそのまま絡《から》みつくように、エルナの腕を封じてきた。すかさず足を踏ん張ろうとしたが、既に足は空中に浮いている。

まるで見えない力に吸い寄せられるように、気づけばニケに抱かれていた。

「っ‼」

エスコートされるように腰に手を回され、至近距離で見つめられる。

まるで子どもをあしらうように、エルナの動きが封殺される。

（人間の速さじゃない……！）

戦闘技術が高いとは言えないが、エルナは危機回避の身体能力は長《た》けている。二度も『創世軍』の工作員と闘い、勝利してきた。

けれどもニケの動きは、目で追うことさえ叶《かな》わない。

しなやかに伸びる指先で、顎を締められる。

「『LWS《ラヴィス》劇団』とはもう繋《つな》がっているのかな？」

「――――」

「あぁ、答えなくていい。もう分かった。オレの前で隠しきれると思うな」

ハッタリだ——そう心を奮い立たせようとしても、ニケの威圧に屈してしまう。貴重な情報を奪われたかもしれない、と心が圧《お》し負け、より感情を漏らしてしまう。

一度屈し、サラに勇気づけられた闘争心が再び呑まれていく。

「本来『LWS劇団』はこんな目立った活動はしない」

ニケは指先を動かし、エルナの唇をつまむ。

「中佐に近づいて直接交渉だなんて現場に出てこない。本当に助かった。キミたち『灯《ともしび》』が彼らと繋がり、そしてオレに捕まり、居場所を吐いてくれるんだ」

「…………っ」

「絶対に吐かない？　おいおい、中央収容所《タルタロス》にいるお仲間を忘れたかな？」

長い指先が口内に突っ込まれ、強く舌を摘ままれる。

「キミの前で『草原《そうげん》』のサラの指を一本ずつ切っていく——それでも黙秘するか？」

「——————‼」

過《よぎ》った光景は、全ての内臓がひっくり返るほどの悪夢。

目の前の女は本気で実行する。一切良心を苛《さいな》まれることなく。

ニケの指を噛《か》み千切る——一瞬そんな発想が頭をもたげるが、顎の筋肉に力が入らない。

震える歯がニケの指先に触れ、擦《こす》れるだけだ。

舌を摘まれ、同時に嘔吐《おうと》したくなる衝動を堪《こら》え、涙が目に溜《た》まる。

「感謝するよ。釣られるのがお好きな嬢ちゃん」

一旦エルナは解放された。舌が離される。

その場に力なく屈し、へたり込む。腰が抜けて立ち上がれそうにない。

「……人払いをするまでもなかったかな」

ニケはヨダレ塗《まみ》れの指を、歩み寄ってきたタナトスの服で拭き、辺りを見回す。

「国民を守る立場は辛《つら》いな。こんな人が多い場所に呼び出さなくてもいいだろう」

「………………」

「ただ、今度こそ邪魔者が入らなくて済むね。誰も助けには来られないかな？」

ぼんやりとした心地で美術館の建物を見た。

まだ開館時間だったが、建物の前には人の気配がなくなっている。美術館から広場に歩いてくる観光客もぴたりと止み、水を打ったような静けさが広がっている。緊急に国王親衛隊を動かし、人を追い払ったのだろう。熟練された手際《てぎわ》。完璧な指揮と統率。

果たしてどれだけのスパイが、彼女に屈してきたのだろう。

――常勝無敗の謀神。

この王国ではいかなる工作員も彼女に敗北を喫する。

「………………………………………………本当なの？」

それを認めた時、エルナの口から言葉が漏れていた。

「……ん？　なんだい？」とニケが瞬《まばた》きをする。

「本当に？　本当に誰も近づいてこられないの……？」

「そう言ったはずだが？」

「――絶対に？」

重ねて問うエルナに、ニケが微《かす》かに口を閉ざす。

しばしの無言の後、彼女は「まさか」と口を開いた。

「キミたちのボス――『燎火《かがりび》』が駆けつけてくれるとでも？」

「ううん、そんなことはない。ただ――よかったなって」

あらぬ誤解をしたニケの前で、胸を撫《な》で下ろした。

これで誰も巻き込まれなくて済む。彼女が存分に力を振るうことができる。

――謀神に唯一立ち向かえる『灯』のエース。

計画の第一フェーズが達成できた。問題は第二フェーズの難易度の方が桁違いに高く、エルナの頭では理解しえないことだが。

「逆」

「……？」

「アナタはエルナを釣り上げてなんかいない」

ウディノ中佐には聞かれてはならない。

囁《ささや》くような声。勇気を奮い出すように指で目尻を下げ、舌を出す。

「アナタが、エルナに釣られたの」

風が通り過ぎた——そのようにニケには感じられたはずだ。

エルナもほとんど視認することは叶わなかった。瞬間移動のような0－100－0の緩急鋭い動きで、何かが蠢《うごめ》いた。豹《ひょう》か、猟犬か。

もたらされた結果だけは明白で、ニケが連れてきた五人の工作員が気絶している。

白目を剥《む》き、がくりと膝を地面に突き、ゆっくりと地面に倒れていった。

振り向いたニケは、その突然の変化に呆然《ぼうぜん》と口を開けた。

「………一人、仕留め損なったか」

小刀を握りしめる彼は、苛立《いらだ》たし気に呟《つぶや》いている。

彼の前ではタナトスが尻もちをつき、目を見開き、固まっている。間一髪で奇襲を避けられたようだが「………へ？」と情けない声を漏らしている。

「何をやっているんだい？」

ニケは厳しい声音を発した。

「裏切ったのか？　――アイオーン」

右こめかみに骸骨のタトゥーが刻まれている、小柄な男。首に巻いている真紅のマフラーが風に靡《なび》いている。

アイオーンと呼ばれた男は苛立たし気に顔をしかめた。

「そのダサい名で二度と呼ぶな、クソ痴女」

ポケットから小瓶を取り出し、中の液体をマフラーに沁《し》み込ませ、顔を拭った。特殊な薬品で彩《いろど》られたタトゥーはあっさり洗い流され、見慣れた少女の顔が浮かびあがる。汚れたマフラーを脱ぎ捨てた瞬間、起伏のない美しい喉が露《あら》わになった。

「血なんて飲まないよ」

彼――改め、彼女は溜め息を吐いた。

「異常性癖を気取った方が、他の些末《さまつ》な違和感を隠せるから。人との距離を遠ざけられるから。なにより、女性の血のにおいを纏《まと》っておかないと性別が誤魔化せなくなるから」

アンタそういうのに敏感そうだから、と付け足す彼女。

ニケの表情が、喜びとも驚愕《きょうがく》とも分からないような、大きな歪《ゆが》みを見せた。

「……『焼尽《しょうじん》』…………っ」

「以前『アイオーン』は「焼尽」に勝てるか？』――そんな問題をぶつけてきたっけ？」

纏っていた服を脱ぎ捨て、モニカは口の端を曲げる。

「――勝てるに決まってるじゃん。だって『焼尽』は、一年前のボクなんだから」

事前にティアが明かした作戦の第二フェーズ。

それはあまりにシンプルであり、正気とは思えない奇策。

『エルナとウディノ中佐を餌に使って、ニケさんを呼び出す。人払いが終わったところで、モニカが正体を見せるから、それまでは耐えてね』

彼女の言葉に続き、モニカは軽い口調で明かしてくれた。

『――ボクがニケを打ち倒しとく』

詳しく聞けば、彼女たちはニケと近しい場所で働いているらしい。幾度となくニケと顔を合わせ、モニカは「仕留められる」と確信したという。

『おいおい』真っ先にジビアが呆《あき》れ声を漏らした。『モニカたちの役割は囮《おとり》だろ?』

それが本来、モニカとティアに与えられた任務だった。

ニケを直接攻略するのは無謀。革命を成し、ニケを無力化する。革命の準備を整える間、ニケの注意を逸《そ》らす必要がある。

ニケ打倒――それは、クラウスでさえ避ける、常軌を逸した挑戦。

『関係ないよ』

しかし、モニカは平然と言ってのける。一切の怯《おび》えさえ見せずに。

『あの女を仕留めて、捕らえて尋問しちゃえば――任務は終わりだ』

最短で《暁闇計画《ノスタルジア・プロジェクト》》に到達する。それこそがモニカが成し遂げる任務。

ここまではほぼ完璧に成功している。

ニケを守る『創世軍《そうせいぐん》』の工作員はタナトス以外排除した。ゆとりのある美術館前の広場に呼び出し、周囲の人払いは完璧に済んでいる。

モニカがニケに挑むための準備を整えた。

起き上がることのない仲間に、ニケは静かな視線を向けている。自身が置かれた状況を丁寧に確認するように。

「ねぇ、ニケさん」モニカは小さく舌を出した。「裏切り者の部下を殺せそう？」

堂々と果たし状を突き付ける。

一年の時を経て、更なる成長を手にしたであろう『灯』最強の少女。

エルナにとって、その実力はニケと等しく完全に未知数だった。

7章　吸血

　王国潜入前のミーティングでの衝撃をエルナはハッキリと覚えている。

　メンバーに任務を割り振る中で、クラウスは二人の部下に特別な役目を与えた。

「モニカとティア、お前たち二人は王国海軍に潜伏しろ」

　言われた本人たちは「……ふぅん」「へぇ」と軽く受け止めていたが、他の少女たちは動揺の声を漏らした。敵国の軍隊に潜り込むという危険なミッションに、驚きを隠せなかっただけでなく、その組み合わせも信じられなかった。

　クラウスは表情を変えずに説明を続ける。

「グラニエ中将と通じて、海軍に潜入できる手筈《てはず》は整えてある。偽《にせ》の経歴を用意させた。お前たちは元マルニョース島海軍基地の軍人で、本国の情報部に転属される」

　グラニエ中将とは、かつてバカンス中に知り合ったライラット王国の将軍。

島の海軍基地を統括する、野望に燃える男。本国から離れた環境を利用し、クーデターに向けた準備を強《したた》かに進めていた。

「……グラニエ中将か。信頼できないな」

モニカは不愉快そうに首を傾《かし》げる。

「例のクーデターだって露呈していないとは限らないしね。明日には殺されているかも」

「アナタね……まぁ、気持ちは分からなくもないけど」

続けてティアもまた複雑な顔で同意する。

グラニエ中将は、発明品の実験のために、部下が行った島民の虐殺を見逃していた。王国を救いたいという理念は分かるが、思想の全てに共感はできない。

「状況次第で切り捨てろ」

クラウスが低い声で口にした。

「積極的にグラニエ中将を破滅に追い込む真似《まね》は控えろ。だが失敗の予兆が見えたなら島で摑《つか》んだ情報を売り渡し、周囲からの信頼を勝ち取れ。その程度は相手も覚悟している」

スパイとしての冷徹な判断だった。

協力し合うが、相手が足を引っ張った場合は見捨てる。

いつになく厳しいクラウスからの言葉に、少女たちの表情が引き締まる。

「──海軍の情報将校として名を挙げ、一年以内に『創世軍』内部に潜入しろ」

　全ては『ニケ』に近づくためだ、と少女たちは理解した。

　彼女の動きを封じ、あるいは裏をかくために直接、『創世軍』の工作員になるというのがモニカとティアのミッション。タイムリミットも厳しい。

　他の少女たちは「激ムズっ……！」「凄《すさ》まじい難易度ですね……」と困惑する。

「『創世軍』は今、『黒蟷螂《くろかまきり》』が多くの工作員を殺し回った関係で、優秀な人材が不足している。海軍に優秀な情報将校がいるなら、無視できないはずだ」

　クラウスの説明に、モニカが挑発的に口元を歪めた。

「ニケと直接、対峙《たいじ》しろと？」

「そこまでは望まない。ここぞという場面で一度でも撹乱《かくらん》できれば十分だ」

「骨が折れそう」

「怖気《おじけ》づいたか？」

　モニカとクラウスのやり取りを、他の少女たちは固唾を呑《の》んで見守った。

　──こんなものモニカ以外には成し遂げられない。

悔しさの感情が湧き起こるが、誰もが認めるしかなかった。他の班が担《にな》う任務も過酷ではあるが、これはその比ではない。

無論クラウスとしても、こんな危険な役割を与えるのは本意ではないのだろう。

悩みに悩み抜いた末の結論。世界の秘密を手に入れるための決断。

「…………」

僅かな沈黙のあと、モニカが口を開いた。

「クラウスさん」

「なんだ？」

「パートナーを変更できない？」

「なんでよ⁉」ティアが吠《ほ》える。「私とアナタの仲じゃない！」

憤慨して喚《わめ》き散らし始めるティアに、モニカが「どんな仲だよ」と腕を組む。

仲間たちは息を吐いた。二人の相性も不安のタネ。

「大丈夫っすかね？」「アネットちゃんとエルナちゃんコンビ以上に不安です」と心配の声がかけられる。が、マルニョース島で多くの軍人を手玉にとったティア以上の人選はおらず、最終的にはモニカも渋々認めた。

「ニケに近づけば近づくほど、リスクは増える」

最後クラウスはアドバイスを伝えた。

「狙いがバレないよう、適切な距離間を保て。彼女相手に本心を隠し通すなど――」

「――できるよ」

モニカはあっさりと返答してみせた。

意外そうに目を細めるクラウスに、彼女は小さく口にした。

「想《おも》いを隠すことには慣れてる」

自嘲するように呟《つぶや》かれた言葉。

彼女が秘めてきた想い――それを彼女自身が仲間の前で言及するのは初めてで、周囲の仲間たちは困惑する。リリィは呆然《ぼうぜん》と瞬《まばた》きをしている。

モニカが苦笑する。

「いや、一度暴かれて痛い目に遭ったね。けど同じ失態を繰り返すほど愚かじゃないよ」

今一度、謝っているのだ、と仲間たちは認識した。

かつてリリィへの恋心を利用され、『灯《ともしび》』を裏切ったモニカ。仲間はそれを許し、彼女に罰を与えても尚《なお》、彼女は自分自身を許していない。

「もう、誰もボクの心には触れさせない」

クラウスは多くの言葉を語らず「──極上だ」と口にした。

スパイとして、そして、かつて恋に破滅した者の決意。

『創世軍』内部に忍び込みニケを騙《だま》し抜く役割は、モニカの大きな挑戦だった。

◇◇◇

アイオーンという仮初の姿を解き、殺し合いの提案をしたモニカ。彼女を前にニケは沈黙に徹していた。飄々《ひょうひょう》とした笑みのモニカに動揺する素振りはなく、観察を続けている。

エルナも動けなかった。両者の出方がまるで見えない。

少しでも誤れば、命を奪われる──そんな身を焦がすような緊張に満ちている。

「……ニ、ニケ様を裏切るなんて……ア、アイオーン君……なんてことを……」

空気を読めず、タナトスが狼狽《ろうばい》している。立ち上がった彼は目を泳がせ、手の置き場に困るように、あわあわと子どものように身を揺すった。

何度見ても、覇気がない男だ。

が、やがて己の使命を思い出したように、ニケの前に立つ。

「…………ニ、ニケ様は逃げてください。ぼ、ぼくが食い止め――うぐっ！」

「邪魔をするな」

案の定、ニケに蹴り飛ばされている。

ニケは転ばしたタナトスの後頭部に足を乗せ、踏みにじった。

「ここまで熱烈な場を用意してくれたんだ。受け止めるのが女気だろ？」

モニカの挑戦を受けるようだ。

どのみち、避けられない。『創世軍』を裏切ったモニカをニケが逃がすはずがない。そして、彼女を捕らえるために動けるのはニケ自身だけ。

二人だけの世界が生まれている。

モニカは小刀を右手に握りしめたまま、左手は服のポケットに入れている。挑発の意図だけでなく、別の武器を取り出すためのようにも見える。彼女は複数の武器を器用に使いこなすスパイだ。

対してニケは徒手空拳で、モニカに相対している。身構えるまでもないと言いたげに。勝気な性格は彼女も同様か。ふくよかな曲線を描く腰に右手を当て、左手はだらりと力なく身体《からだ》の横で揺れている。

「ウディノ中佐」

やがてニケが口を開いた。

「キミが成すべきことを成せ。そこの黒髪《くろかみ》と金髪《きんぱつ》、灰桃髪《はいももがみ》をタナトスと拘束し連行しろ」

ティアもまた『キルケ』というコードネームで『創世軍《そうせいぐん》』に潜入している。彼女も裏切り者だと、当然ニケは気づいたようだ。

ウディノ中佐が背筋を伸ばした時、別の言葉が飛んできた。

「ボクがそんな真似を許すとでも？」

モニカだった。彼女はニケから視線を外さないまま、口にする。

「エルナ、ティア。鼻歌でも歌いながら西に行きなよ——何一つ障害は起きないから」

ウディノ中佐は額から汗を流し、身を強張《こわば》らせる。

モニカの身のこなしは先ほど、彼も目撃したはずだ。軍人とは全く異なる、暗殺に特化したスパイの格闘術。武器を持たない彼に勝ち目はない。

悩ましい二択を突きつけられ、ウディノ中佐は胸を張った。

「ニケ様を信頼します」

「キミの有能さを疑ったことはないよ」

今から始まる闘いの全容が明らかになる。

――この場から逃走し、国王親衛隊の包囲を突破したいエルナとティア、アネット。

――その三人を拘束したい、ウディノ中佐とタナトス。

――彼を妨害し、またニケを拘束して彼女から情報を聞き出したいモニカ。

――モニカを直ちに討ちたいニケ。

混沌《こんとん》とする逃走劇だが、場が整えられた事実に、エルナは驚きを隠せなかった。

思えばモニカとティアが合流した時から驚愕《きょうがく》の連続だった。

◇◇◇

離れ離れの一年の間、モニカとティアの活躍は目覚ましかった。

二人が海軍の情報部に配属された直後に、グラニエ中将のクーデター計画は既にニケが把握している事実が発覚。中将の死罪は免《まぬが》れないと観念した二人はマルニョース島の裏研究所などの情報を伝え、海軍上層部から信頼を勝ち取る。やがて数々の任務を成し得た最強のコンビは、二か月前『創世軍』に引き抜かれ、ニケ直属の部下になった。

『LWS《ラヴィス》劇団』の拠点で、簡単に顛末《てんまつ》を聞いただけで慄《おのの》いた。弁護士事務所でちまちま情報を集めていた自分とはレベルが違う。

加えてエルナはある事実に気づいた。

「ん？　ということは――」

ハッと息を呑み、声を張り上げていた。

「――エルナとモニカお姉ちゃんたち、とっくに再会しているのっ‼」

「気づけよ」

モニカが呆《あき》れたように顔をしかめる。

『義勇の騎士団』の緊急集会に乱入された現場に、既にアイオーンとキルケはいたのだ。

彼らはニケの命の下、『義勇の騎士団』の幹部たちを拘束していた。

不服気にモニカが眉間に皺《しわ》を寄せている。

「『悪いようにはしないよ』ってヒントを出して、舌まで出してサインを送ってあげたんだけどな。普通に無視されたけど」

「あの状況では仕方がないの‼」

彼女が男装していたこともあり、とてもじゃないがモニカとは気づけなかった。

アネットが「エルナちゃん、パニックでしたから」と笑っている。

「俺様はとっくに気づいていましたよっ」

「っ⁉」

「『奥の手がある』ってニケのヤローに言ったじゃないですか。俺様たちは最悪、あの場でモニカの姉貴たちに助けてもらうこともできたんです」

「――っ‼」

彼女がやけに強気だったことを思い出し、愕然《がくぜん》とする。

無論、彼女たちがあの場で正体を現していたら、今後の作戦に大きな支障が出ただろう。

そういった意味でサラの登場と活躍はやはり素晴らしかった。

「い、一年でニケ直属の部下に上り詰めたなんて……」

彼女たちの手腕を改めて褒め称《たた》える。

ティアは満足げに深く頷《うなず》いた。

「ちなみに、さっきのローションマッサージはニケさんから教わったわ」

「「「っ⁉」」」

ティアの無差別な魔の手から逃れられなかったエルナ、アネット、ジビア、スージーが赤面しつつ、目を見開く。マッサージの詳細は控えるが、疲労がかなり軽減された。

「先日ベッドでまぐわう機会があったのよ？　さすがの私も後れを取ったわ」

「「「――っ⁉」」」

色々な意味で常識の範疇《はんちゅう》に留《とど》まらない二人だった。

◇◇◇

モニカとニケは相対したまま、動かない。

じりじりと息が詰まる時間だけが流れていく。低く沈んでいく太陽が二人の影を伸ばしていく。不気味な赤紫色に変わり行く空。

ピルカの街が黄昏《たそがれ》の闇に包まれ、街灯が灯《とも》されるまでの僅かな時間。

全身の神経を研ぎ澄ませる中、エルナは走り出すタイミングを窺《うかが》っていた。

遠くでは国王親衛隊の人間が待機しているはずだ。人払いのために市民を避難誘導しながら、エルナたちが逃げないよう包囲している。

この静寂に飽きたように口を開いたのは、モニカだった。

「どうしたの？　固まっちゃって」

「ん？」ニケが瞬きをする。

「ボクの背信が見抜けなかったのが、そんなに悔しい？」

「……………違和感はあったさ」

ニケは目を眇《すが》めた。

「『草原《そうげん》』のサラ――ニコラ大学の講堂であの小娘は、なぜか煙幕の中でオレの部下たちを一蹴していた。アレは死角からキミが襲っていたのか」

正解だった。

サラは『創世軍』の包囲を突破し、エルナとアネットを守るために立ちはだかった。それをサポートしてくれたのは、モニカだという。得意の弾性に富んだ投擲《とうてき》武器を用い、壁や床を反射させ、サラから攻撃を受けたように見せかけ、工作員を倒していた。

「怪しんではいたよ」ニケは静かに語る。「キミには『裏切らないよう』と警告もしただろう？　どっちでもよかった」

「なんでさ？」

「『創世軍』に潜伏する敵スパイは例外なくオレに屈するから」

ニケが纏《まと》う殺気が一層、濃くなった。

彼女と直接会話をしていないエルナでさえ寒気を抱く。

「『創世軍』に潜り込む他国のスパイや秘密結社の人間なんて珍しくない。いちいち対処しないさ。優秀であればオレとの差に気づく。絶望する。いずれオレに寝返るか、ロクに機密情報を握れないまま逃げ出す。キミには前者を期待していたんだけどな」

もはやエルナには理解できないレベルの読み合いだ。

裏切り者である証拠を見せず、完璧に本心を隠し通してみせたモニカ。疑いながらも『仮に裏切り者でも構わない』と絶対的な自信を誇るニケ。

モニカはおかしそうに口元を緩めた。

「……やけに人外アピールが多かったのは、そういう意図か」

「だから素直に残念だよ」

ニケはおもむろに右手で顔を覆い、口元を隠した。

「期待した部下が、まさかオレとの実力差も分からない無能だったなんて」

「人生経験の乏しさを晒《さら》しているって気づかない？」

——張り詰めた緊張が最大限に達した時、エルナは走り出した。

動かされたと言っても過言ではない。高まる圧力に逃げるよう足が動いていた。

ティアとアネットも同時に駆け出し、タイミングを合わせてくれる。

戦闘が始まる。

目指す行き先は、モニカに言われた通り西。美術館から離れた先には、美しい凱旋門《がいせんもん》が建ち、奥には広々とした庭園がある。そこに逃げ込め、と言っているのだ。

ウディノ中佐が立ちはだかるように回り込もうとしたが、動きを止めた。

銃声が轟《とどろ》いたからだ。二発。モニカとニケが両者、発砲したらしい。ほとんど同時に放たれた銃弾は互いの横を通り過ぎ、無人の空間に消えてしまった。

慄くウディノ中佐の横をすり抜けるように、エルナたちは走り出した。途中アネットが振りかざしたスタンガンはウディノ中佐の拳に弾《はじ》かれたが、一瞬の猶予ができる。

エルナたちはウディノ中佐から離れ、懸命にダッシュする。

——前方では、激しい銃撃戦が繰り広げられていた。

既にモニカとニケはエルナたちを抜いていた。駆けながら銃弾を撃ち合っている。

両者とも互いを最大の障害と捉えたようだ。

二人が走る先は、凱旋門。荘厳《そうごん》な門のそれぞれ別の脚に二人は到達すると、減速することなく垂直に駆け上り、互いに銃弾を放っている。少しでも相手より優位な場所を確保しようと、両者、瞬く間に上昇していく。

エルナたちの進行方向は戦場。まるで雨のように銃弾が降り注いでいる。

「こ、このまま——」エルナは目を見開いていた。「凱旋門まで走っていいの？」

「モニカを信じなさいっ！」ティアがスピードを上げる。

「俺様たち、戦闘の真っ只中《ただなか》にダイブっ！」アネットが可笑《おか》しそうに語る。

モニカとニケは銃弾を交互に撃ち合い、避け、跳び、あっという間に頂上に到達した。

互いに人間の身体能力とは思えない。

次の動きに移るのはニケの方が早かった。

門の形状上、頂上には何もない。ニケはまだ拳銃を手放さないモニカに一気に詰め寄り肉弾戦を持ちかける。目の前で放たれた銃弾を避け、モニカの顔に鋭く拳を打ち込む。

拳を受け止めたが、モニカは体勢を崩され門から足を浮かせた。

その隙を逃がさず、ニケの神速の回し蹴り。

モニカはその蹴りを空中で受け止めると、力を利用するように身を翻《ひるがえ》らせ、再び門の頂上に立つ。ニケに背を向けるように立つと同時に、拳銃の背面撃ち。ニケを強襲する。

長い髪を翻らせ、ニケは銃弾を難なく避ける。二発連続で。

発砲直後のモニカは体勢を整えられていない。ニケは、再び殴り倒さんと肉薄する。

（え…………？）

直後の光景は、エルナの認識を超えていた。

モニカはニケの拳を掻《か》い潜《くぐ》り、カウンター気味に腹部へ肘を打ち込んでいる。

攻撃は終わらない。体勢をぐらつかせたニケの顎に飛び膝蹴り、そして、顎に打ちこんだ脚を伸ばし、ニケの身体《からだ》を大きく蹴り飛ばした。

――ニケが門から墜落した。

ちょうどエルナたちが凱旋門の下に差し掛かった時、頭上から降ってくる。

「のぉっ⁉」

進行方向にニケが落ち、たじろぐエルナ。

地面に激突する寸前にニケは身を翻し、また門の脚を蹴って、墜落の衝撃を緩和する。

後転して受け身を取る姿にはダメージは感じられなかったが、焦《あせ》りは見受けられた。

慌ててエルナたちは急停止する。

幸い既にニケの興味は、モニカに移っているようだ。つい二メートル隣にいるエルナに視線を向けることなく、不愉快そうに服の砂を払っている。

「これで本気？」モニカは門の頂上で、悠々と敵を見下ろしている。「嘘《うそ》でしょ？」

彼女は汗一つかいていない。

事前の計画通りとはいえ、エルナは慄《おのの》くしかなかった。

――互角どころか、モニカが優勢。

直接対決でニケを凌《しの》ぎ、退けている。

「何者だ、あの女……」

エルナたちを追っていたウディノ中佐もまた足を止め、身を震わせていた。

「見たことがないぞ、ニケ様が圧倒されている場面など……！」

彼と共に追いかけてくるタナトスも「あ……あ……」と情けない声を漏らしている。

多くのスパイや秘密結社をニケと共に相手取ってきた彼らでさえ、驚愕《きょうがく》の事態らしい。

エルナは一年越しに見る、モニカの闘いに惚《ほ》れ惚《ぼ》れするしかなかった。

元々戦闘技術は高かったが、より洗練し、速度が上がっている。

まるでクラウスのようだ。相手の行動を観察してから凌ぎ、対処して反撃する。後出しじゃんけんを何十回も繰り返すような、イカサマじみた動き。

「――――っ」

そこでウディノ中佐が己の使命を思い出したように、背後からエルナに飛び掛かる。

だが、その動きは突如、門から飛んでくる銃弾によって阻《はば》まれた。

無論モニカだ。門の上で苛立《いらだ》った顔で弾倉を取り換えていた。

「水を差さないでくれる？」

門の頂上から跳躍した彼女は門の脚や引っかかりを利用し、縦横無尽に跳び回り、銃弾の雨を降らせていく。ニケも拳銃で応戦するが、まるで相手にしていない。巧みに回避したまま、一方的に射撃する。

「っ‼」

ウディノ中佐の腕を銃弾が掠《かす》め、赤い鮮血が飛んだ。

彼はすぐにエルナたちから引き下がった。慌てた様子でタナトスも逃げ出していく。

ニケとの戦闘だけでなく、モニカはエルナたちの護衛もこなしている。

「……ウディノ中佐……！」

涙目で凱旋門から離れていくタナトスが口にした。

「こ、国王親衛隊を動かせませんか……？　ニ、ニケ様がこれ以上は……！」

「ニケ様の指示には背けない」

ウディノ中佐は険しい表情で首を横に振る。

「そもそも動かしてどうする？　援護射撃はニケ様に当たりかねないぞ」

そう、モニカとニケの動きは素早く、常人には捉えられない。

余計な手助けは無用どころか、邪魔だ。近づけばモニカは親衛隊を肉壁として使う。

「そんなぁ……」とタナトスは泣きそうな声を漏らした。

闘いは別の展開を見せていた。

モニカは銃撃戦を止《や》め、地上に立つニケに襲い掛かった。

銃弾の節約のためかもしれないが、意表を突いていた。自らの有利を擲《なげう》っての奇襲は接近を成功させ、ニケの喉元に白刃《はくじん》が肉薄する。

ニケは寸前で身体を後ろに引いて避け、そのまま軽やかに二度後転する。

——道が空いた。

すかさずエルナたちは駆け出し、凱旋門の下を通過する。

「このまま行きなよ」

凱旋門の真下ですれ違い様にモニカが手を振る。

「ボクが全員足止めして、ついでにニケさんを誘拐でもしとくから」

「…………っ」

別格すぎるモニカの振る舞いに言葉が出てこなかった。

彼女は凱旋門を塞ぐ衛兵のように立ち、ニケたちを睨《にら》みつけている。

ニケは、エルナたちの逃走を見逃した。彼女の身体からは大量の汗が流れている。寸前の白刃も完全に避けられておらず、鎖骨の辺りに血の線がはしっていた。

「……『炮烙《ほうらく》』の技術をここまで会得《えとく》するとはね」

感心するように大きく頷《うなず》いている。

「銃弾を見てから避ける、俊敏な重心移動と足捌《さば》き——不死、とはよく言ったもんだ」

冷静に分析する態度に確かな余力。

ふいにエルナは足を止めていた。

――果たしてモニカを一人にしてよいのか？

底知れないのはニケも同じだ。どんな有利な状況も手品のように覆《くつがえ》ることがある。そんなクラウスとの訓練で培《つちか》った経験が、強い警告を放っている。

ニケはまだ得意とする得物を用いていない。

逃走を一時中断し、じっとモニカの背中を見つめる。ティアとアネットもそれに続いた。状況を見極める。もしもの時は、エルナたちが彼女を援護せねばならない。

「ニケ様………」

タナトスが神妙な顔で一歩前に出た。そして自身のシャツのボタンを大きく開ける。腹にはベルトで棒状のものが固定されていた。ハンマーと二本の金属棒。

ニケはそれらを受け取ると、軽く振り回し、次の瞬間には連結させる。

――二メートル超の槌《つち》。

とうとう取り出した。『草原《そうげん》』のサラを一瞬で沈めた、彼女を象徴する武器。

「それじゃあっ、そろそろっ！」

彼女はスパイにしては長大な武器を大きく振りながら、勇ましく笑った。

「オレの本気を見せようか」

やはり全力ではなかった。

――クラウスの師匠『炬光《きょこう》』のギードに並ぶと言われた、世界最高峰の武力。比較されるギードの実力は知っている。かつて『灯《ともしび》』の少女たちを瞬《また》く間に蹂躙《じゅうりん》した。

ニケが大きく槌を振るった時、空間が振動した。

地面を殴ったわけではなく、ただの素振り。しかし確実に揺れた。

モニカは凱旋門の下、エルナたちを庇《かば》うように動かない。

正面から対処する気だろうが、それは悪手だとエルナは叫びそうになった。

槌を持ったニケに追われて、逃げられる者はいない。銃弾も扉も車も頭蓋骨もナイフも爆弾もバリケードも毒針もバイクも金庫も人間も――全てが粉砕される。

ニケは長大な槌を大きく振りかぶり、地面を蹴りつけた。

（速すぎて……！）

モニカが放った銃弾を難なく避けながら、ニケは跳躍。相手の脳天に向かって豪快に槌を振り下ろした。

当然、モニカは避ける――が、バランスを崩す羽目になる。

轟音《ごうおん》が鳴り響いた。ニケが全力で槌を地面に振り下ろした音。石畳をビスケットのように粉砕し、空中に破片を巻き上げる。爆弾のような衝撃。

反撃の時間を与えない。

隙は大きくとも一発一発が確実に即死の威力を有している。攻撃を完全に避けなければ、死は確定する。ニケが槌を振るう度に空気が切れる音が唸《うな》り、土ぼこりが巻き上がり、相手の視界や動きを制限する。

自分ならば二発目で確実に命を落とす、とエルナは悟る。

あまりに殺意の高い武力。

（……モニカお姉ちゃんもまるで攻撃に転じられていない……！）

彼女は回避に専念している。槌を紙一重で回避。

一発、二発、三発、四発、とニケは空振りを続けているが、疲労はない。どころか加速している。フルスイングする槌の遠心力を利用し、次の一撃を繰り出している。避ければ避けるほど、ニケが作り出す風圧は増していく。

待ち受ける運命を想像し、エルナは悲鳴をあげそうになった。

（アレではいつかモニカお姉ちゃんに限界が――）

「――だから？」

銃声が思考を中断させた。

槌が空中に飛び、エルナたちの方に滑る。

「…………………………………………………え？」

唖然《あぜん》としてしまう。

モニカの拳銃から微《かす》かに硝煙が立ち上っている。

彼女が発砲したようだ。あの猛攻の中でそんな余裕があったなど俄《にわ》かに信じがたい。

ニケは武器を取り落としている。

唖然とするエルナたちは目撃する――彼女の右肩から滲《にじ》み始めた大量の血に。

モニカの早撃ちが、ニケの肩を撃ち抜いた。

十数年ライラット王国に忍び込んだスパイを殺してきたニケの全力と対峙《たいじ》し、あの凄まじい連続攻撃の中でモニカは冷静な射撃を披露した。

「瀉血《しゃけつ》だよ。アンタの不味《まず》くて汚い血が流れるたび――」

モニカは手の甲に付着した、返り血を舐《な》めている。

「――この国は大病から救われる」

もたらされた現実を受け止められなかった。

――血が溢《あふ》れる肩を押さえ、地面に膝をついたニケ。

――そして落ち着いた表情で、静かにニケを見下ろすモニカ。


モニカがニケを完封している。


理性がそう判断せざるを得ない状況。

だが、ニケの存在に心の底から震え上がっていたエルナの本能が消化しきれない。

（……………………見掛け倒し？）

あまりにニケに似つかわしくない言葉。

だが、拍子抜けした心地が否《いな》めない。呼び出せたニケをモニカ一人で封じ、あっさりと対処できるのならば、一年間の苦労はなんだったのか。

勝利の達成感よりも困惑が上回る。

回りきらない頭で、いや、と僅かな推論を導いた。

「……全盛期から落ちている？」

ニケの年齢は三十六歳と聞いている。彼女の美貌ゆえに若々しい印象を抱いていたが、どんなアスリートでも三十を超えたら筋力は衰える。

そう判断しなくてはあまりに受け止めきれない結果。

「いや、これはどう考えても……」

ウディノ中佐が息を呑《の》んでいる。

今の彼はエルナたちを捕らえる使命を忘れ、ただ愕然《がくぜん》としている。

「あの蒼銀髪《あおぎんぱつ》の少女が、強すぎるんだ……！」

心の底からの恐怖が込められた、震えた声。

視界の先ではモニカが「なんてね」と呟《つぶや》き、ニケの額に銃口を突きつけていた。

8章　共生

夕暮れの美術館前に響き渡る銃声は、市街にも届いていた。

美術館一帯に交通規制がかけられ、市民たちは不安げな声を漏らす。時折スパイや活動家同士の抗争は起きるが、これほどハッキリと国王親衛隊が動くことは稀《まれ》だった。

少しずつ騒然とし始めた街の大通りをジビアは一人、進み続けた。

(始まったか……！)

美術館前ですれ違った異様な殺気は、ニケが放っていたものだろう。

あれほどの怪物にモニカがどう立ち向かうのか気になるが、ジビアには役目があった。

大通りを進んでいたところで、顔見知りの男性が見つかった。

彼は国王親衛隊のバッジが輝く隊服を身にまとい、道路で警戒に当たっている。この混乱に乗じて、他の活動家が暴れないとも限らない。

ジビアはにこやかに手を振り、声をかけた。

「なにやってんの？　トーレさん」

「あ、あぁ、キミか」

飲み仲間の一人だった。二十代半ばの小太りの男性。釣りが趣味で何度か国王親衛隊同士の釣り会に加わらせてもらった。

「今は仕事中なんだ。すまないが、あとで」

彼は少し迷惑そうに顔をしかめたが、ジビアは話し続ける。

「今から美術館で友人と待ち合わせしてんのに。入れねぇ？」

「ダメだ……今は、帝国のスパイらしき女が拳銃を所持し暴れている。庭園と美術館は誰も入れない」

「あー、それでこの騒動……」

「しかも銃弾をばら撒《ま》きながら移動をしているようだ。混乱が広がっている」

彼は苦々しい表情で唇を噛《か》んでいる。

「いち早くニケ様が駆けつけなければ、民間人に被害が出ていたかもしれないな」

どうやら、この騒動の終結は既に決まっているようだ。

——ガルガド帝国のスパイが拳銃で暴れ、ニケが自ら身体《からだ》を張って鎮圧した。

翌日には新聞で報道され、市民は帝国の脅威に怯《おび》え、ニケが君臨する王政府を評価する。

国民は富裕層優遇の政治に目を瞑《つぶ》り、ガルガド帝国への憎悪《ぞうお》に身を焦がす。

トーレはどこか誇らし気に頬を緩めた。

「さすがニケ様だ。あの人がいれば、この国は安泰と言って――」

「もっと目ん玉を剥《む》き出しにして見た方がいいぜ。同輩にも伝えておけよ」

ジビアは彼の肩を強く叩《たた》いた。

「――アンタたちの凝り固まった常識、ぶっ壊れていくから」

不思議そうに首を傾《かし》げるトーレから離れ、ジビアは次の顔見知りを探して街を進む。今頃は『義勇の騎士団』のメンバーたちも動いているはずだ。

一つの神話を崩すために、秘密結社は暗躍する。

◇◇◇

確実な勝算がモニカにあったわけではない。

智謀《ちぼう》も武闘も隙が無い、オールラウンダーの謀神『ニケ』。

彼女の実力は未知数で、勝率は完全に不明。ディン共和国の上層部がクラウスに直接対決を控えさせるのは当然。

だが彼女の部下として仕えている最中に、モニカは蹴りを間近で見る機会があった。

あえて逆鱗《げきりん》に触れるように振る舞い、自身に敵意を向けさせたのだ。

――『……大した度胸だ。そこそこ本気だったんだけどね』

その蹴りを見た時に確信した。勝てるな、と。

「そこそこ本気」が真っ赤な嘘《うそ》だとしても、モニカならばより素早く相手を威圧できる。

脅しにしては中途半端《ちゅうとはんぱ》すぎる蹴りだった。

凌《しの》げるかもしれない、と考え始めた。

フェンド連邦の任務以降、自身が変わり始めている自覚があった。

かつて『煽惑《せんわく》』のハイジという女に言われた、心に炎を灯《とも》す感覚。その感覚を御する術《すべ》を、この一年間で完全に習得した。

ニケに挑む理由は様々。ティアの計画、あるいはティアにも秘めた目的を叶《かな》えるため。

ただ、ある光景を目《ま》の当たりにした瞬間に、確定したことは間違いない。

――ニケによって傷つけられた『草原《そうげん》』のサラ。

モニカは中央収容所《タルタロス》で、囚人服を纏《まと》い、ボロボロになった彼女を見た。

『アイオーン』として振る舞っている最中のこと。国王親衛隊の視線があるため親し気に声はかけられない。粗暴者として振る舞うモニカは感情を排して、サラを蹴り上げ、親衛隊の人間を威圧して尋問室から追い出した。

人の気配が消えても念押しで二、三発蹴る。その後にサラの胸倉を摑《つか》んで身体を起こさせた。

顔を近づけると、サラが囁《ささや》くような声で苦笑した。

「……強く蹴りすぎじゃないっすか？　モニカ先輩」

「そう？　この一年でヤワになっていない？」

無論暴力は彼女ならば受け止めてくれると信頼した上での行為だ。

一年ぶりの会話にモニカは「なにその髪型」と彼女の髪に触れ、サラは「モニカ先輩の男装の方が気になるっす」とくすくすと笑う。

「……リリィ先輩も、自分と同じ五階にいます」

サラがまず口にした。

なぜそんな情報を把握しているのか疑問だったが、答えは彼女の袖口にあった。

「ネズミっす。まだ完全に言うこと聞いてくれるわけじゃないっすけど」

一匹の薄汚いネズミがパンを咥《くわ》えて震えている。この中央収容所《タルタロス》で見つけたか。

「自分もまだまだやれるっすよ」

闘志を漲《みなぎ》らせるサラに、モニカは「やるじゃん」と胸を叩いた。

「そんなキミに差し入れを持ってきたよ。水飴《みずあめ》と道具諸々《もろもろ》」

「嬉《うれ》しいっす。でもなんで真っ赤？」

「血に見せかけるため。今のボクは時々、女性の血を飲むっていう設定なんだ」

「……なぜ、そんな面倒な設定を？」

一年ぶりの再会に会話を続けたいが、そんな余裕はない。

あとは細かな情報を小声で伝えた。中央収容所《タルタロス》には、影響力の大きい活動家や法学者が何人も閉じ込められている。彼らとコミュニケーションが取りたかった。

「た、ただ」途中サラが弱々しい声を漏らした。「よく震えるっす」

「ん？」

「またニケに立ち向かうこと……それを想像するだけで、身体が動かなくなって……」

エルナも患《わずら》った、精神を侵していく病。ニケから殺気を向けられた者は例外なく心が竦《すく》み、抵抗の牙を抜かれてしまう。

「安心しなよ」とモニカは、震える彼女の頭に触れた。

「ニケはボクがぶちのめしておくからさ」

傷つけられた弟子の借りを返さなくてはならない。

サラの目が見開かれ、僅かに涙が滲《にじ》むのが分かった。一年経《た》っても泣き虫なのは変わらないな、と苦笑しつつ、痣《あざ》が残るサラの頬に触れる。

「キミをこんなズタボロにした奴《やつ》を許すかよ」

「そこは今モニカ先輩に蹴られた箇所っす」

モニカの冗談に頬を緩めるサラの額を指で弾き、そのまま尋問室を後にした。

◇◇◇

モニカ優勢とみて、エルナたちは逃走を再開した。

これでモニカは一層、自由に動くことができる。

ニケは肩を撃たれたショックから回復し、すぐさまに戦闘を再開する。モニカが額に突きつけた銃口を、ニケは顔を捻《ひね》って回避し、蹴り上げた。

まだ抵抗を続ける彼女に感心する。

タナトスが回収し、投げ渡してきた槌《つち》を摑み、ニケは左腕一本だけで振るった。先ほどよりも短く握り、隙は消している。長い髪が大きく揺れ、表情が見えない。

小刀の側面でモニカは攻撃を受け流す。

「意外。諦めないんだ？」

全力でフルスイングされる槌ならばともかく、今はまだ対応できる範囲。が、モニカの腕は痺《しび》れ、小刀の刃《やいば》が折れかけるのが伝わってくる。

ニケはモニカを弾き、庭園の方に走り始めた。

——エルナたちの下には行かせない。

既にウディノ中佐とタナトスは闘いに付いていけていない。タナトスはともかく、武器がないウディノ中佐は己が足手纏《あしでまと》いと判断したようだ。適切な距離を保つのみ。

「そんなに場所を移したいの？」

挑発的に質問をぶつけるが、ニケからの返答はなかった。

無言で槌を振るいながら、長い足を前に動かしている。

「——なりふり構わなくなってきた？」

全力のダッシュと全力の殺し合いが同時進行。

右手に拳銃、左手に小刀を構えるモニカ。走りながら銃弾を放つが、ニケは槌で弾丸を弾き、そのままモニカの顔面を潰そうとしてくる。

モニカは減速し、ニケの背後に回りながら小刀で斬りつける。

が、それを読んでいたようにニケもまた回転。遠心力を利用し、槌でモニカの身体を横から殴りつけようとする。

モニカは左手で槌の柄を受け止め、小刀と同時に握り込む。

が、勢いは止まらない。槌を離さないモニカは体勢が崩され、引きずられる。まるで闘牛にしがみ付いている心地。

靴底をすり減らし、身体を傷つけないよう地面を滑り続ける。

ニケは左腕一本だけで槌を大きく振るい、強引にモニカを投げ飛ばしてきた。

引きずられる間に、美術館前から隣の庭園に移動していた。噴水の中心に立つ石像に叩きつけられる瞬間、身を捩《よじ》り、受け身。

間髪入れずの追撃を回避するが、モニカ背後の噴水にある天使の石像が破壊される。

（肩からの出血が激しいのに、よくここまで動けるな）

バラを中心に多くの花壇が段々に積み上げられ、すり鉢状になっている庭園。誰もがウットリとする豊麗な観光名所が、今や修羅の戦場と化している。

噴水の石像はたった一発で全体にヒビが入り、崩壊が始まっている。

その石像をニケはもう一度強く殴った。

「——っ‼」

槌で打たれ、散弾銃のように飛来する石礫《いしつぶて》。

モニカはすぐさまに石の角度と速度を演算。危険なものを的確に撃ち落とす。

だが、その一動作がニケの接近を許してしまった。

槌を振りかぶり、飛び掛かってくる。

(まだ速く——)

さすがに避けられず、耐久力を信じながら小刀で受け止める。

ぶつかる直前に目を見開く。ニケは両手で槌を握っている。

「ああああああああああああああああああああぁっ‼」

「——‼」

獣のような野太い咆哮《ほうこう》をあげ、ニケは力いっぱいに槌を横に薙《な》ぐように振るってきた。

受け止めた小刀の側面にヒビが入る。それ以上にモニカの身体の方が限界だった。衝撃を流しきれずに身体が浮き上がり、弾《はじ》き飛ばされる。

庭園の木にモニカの身体は沈んでいった。

モニカを受け止めた木の枝が次々と折れていく。凄《すさ》まじい剛腕だった。

「少し優勢だからって、オレに勝ったつもりか？」

ニケは槌を肩に乗せて、軽蔑の眼差《まなざ》しを向けてきた。

「片腹いてぇな」

「とっくに勝ったつもりだけど？」

服にまとわりついた枝葉を振り払って立ち上がる。

一撃を食らってしまったが、軽い打撲を負った程度。

むしろ、今の一発で致命傷にならなかった結果に、モニカは安堵《あんど》していた。

――もうニケの右腕には力が入らない。

静かに分析する。

射貫《いぬ》かれた肩は確実に重傷なのだ。多少動けるのは意外だったが、全力は出せまい。

「諦めたら？　元部下からの愛情。ボクが望む情報を吐くなら、命は見逃してやるよ」

『灯《ともしび》』の目的はあくまで《暁闇計画《ノスタルジア・プロジェクト》》。革命の実現もニケの打倒も一手段でしかない。ここでニケが敗北を認めるなら、それに越したことはない。

モニカはヒビが入った小刀を、ニケに投げつける。

回転しながら飛ぶ小刀はニケの顔の横を通過し、バラの花壇に突き刺さる。

「軽いな」

小刀を避けようともしなかったニケはせせら笑う。

「あ？」

「そんなくだらねぇ駆け引きで《暁闇計画》に辿《たど》り着く気か？」

相手から計画の名を出してくるとは思わなかった。

「……なにその計画名？　初耳なんだけ――」

「だから駆け引きなんて通じねぇんだよ」

ニケは槌の先端を、モニカに突きつける。

「王国に君臨する者の重圧を軽んじるな」

これまでとは異なる、薄ら寒い恐怖。

間違いなくニケは死地に立たされている。しかし闘志は消えるどころか、より鮮烈に燃えている。計算外の事態であるはずなのに、動揺の素振りはない。

――窮地さえ慣れている。

畏怖の念を覚えた。幾度となく追い詰められ、その度に敵を退けてきたか。

『創世軍《そうせいぐん》』のトップとして十四年間、王国の頂点に立ち続けている女。

なんなんだこの女、と息を止めていると、ニケから「不思議か？」と嘲笑の声が聞こえてきた。

「あ？」

「オレが愚鈍な国王を守り、腐敗した王政府を延命させ、愛すべき国民を洗脳する動機。気になりはしないかな？」

「……自覚はあるのかよ」

「――この国を愛しているからだよ」

どこまでが本音なのか。

国民をダニと悪しざまに罵り、国王を侮蔑し、警察や行政が機能せずに麻薬と犯罪を蔓《まん》延《えん》させる王政府を見逃している。

「国と添い遂げ、孕《はら》みてぇくらいだぜ」

これが愛と言うならば、あまりに歪《ゆが》んで理解できない。

ニケは再び槌を構え、モニカを強襲してきた。

二本目の小刀を取り出すが、次は受け止めるような真似《まね》はしない。ぶつかり合わず、逃げることに専念。距離を取れば銃弾を撃ち込み、牽制《けんせい》する。

再び庭園を駆け出し、花壇の道を走り抜けながらの闘いになる。

ニケは躊躇《ちゅうちょ》することなく追ってきた。美しい大理石の花壇を槌で破壊し、破片をモニ力に飛ばしながら、迫りくる。

（なんだ、この人外………）

焦《あせ》るのは、ニケの動きが全く衰えないこと。

両腕が満足に使えた時よりも尚《なお》、激しく苛烈にモニカを追い立ててくる。

モニカが逃走すれば、いずれニケは出血多量により動けなくなる。肩の傷口を塞げていない以上、いずれ失血死を迎えてもおかしくない。

そのためにモニカは離れるが、ニケの突撃から逃れられない。

（一体、どうしてこんな力がまだ引き出せる……！）

歴戦のスパイの底力か。

かつて『炬光《きょこう》』のギードと闘った時、彼はエルナに背中を突かれても動き回り、少女たちを薙ぎ倒していた。常人離れした筋肉で無理やり傷口を塞いでいるのか。

モニカにはやり方さえ理解できない。経験値が違い過ぎる。

庭園を駆けながら、振り向きざまに射撃。

ニケは最小限の動きで避け、槌で大理石の花壇を壊し、また石礫をぶつけてくる。

移動と応酬を続けていると「ニケ様っ⁉」と男性の驚愕《きょうがく》の声が聞こえてきた。

包囲に当たっていた国王親衛隊のようだ。隊服を纏《まと》った男が二人ほどいる。小銃を構え、ここまでやってきたニケに呆気《あっけ》にとられたように目を見開いている。

「わ、我々も加勢を――っ」

「邪魔すんじゃねぇ！」ニケが直ちに怒声を浴びせる。

「――――っ‼」

「庭園周辺に金髪《きんぱつ》の少女含む三人組が逃げている！　第一班から五班までの人員を庭園西端を中心に展開っ！　立入禁止区域を二区全体まで広げろっ‼」

怒鳴るように指示を出し、モニカが撃った銃弾を打ち落とす。

順調にエルナたちは逃げられているようだ。が、包囲する国王親衛隊に気づき、この庭園のどこかに身を潜めているのか。

彼女たちを逃がすためには、より混乱を広げなければならない。

モニカはニケではなく、仲間に指示を出しに向かう親衛隊の足に銃口を向ける。

「よそ見すんなよ」

銃弾を放つ前に、肉薄してきたニケの棍に妨げられる。

モニカがエルナたちを守ったように、今度はニケが親衛隊を守護するように立ちはだかる。

時間が経《た》てば不利になると見方を変えた。国王親衛隊の動きを邪魔できない。

ニケは闘いながらも国王親衛隊を動かし、エルナやモニカの動きを制限できる。

「……ふざけやがって」

横に振られた槌《つち》をモニカは別の花壇を陰にして避けるが、ニケの次の一撃はその花壇ごと破壊し、続けてモニカの脳天をかち割ることだった。

止めようのない猛撃に、小さく舌打ちをする。

飛んでくる花壇の破片を無視し、ニケの槌を小刀で受け止めた。

鍔迫《つばぜ》り合い。両腕を十分に使えるモニカが断然有利と判断。

が、それでも左腕一本のニケに押され始める。

「…………っ！」

「その程度か、『焼尽《しょうじん》』!?」

予想を超えたパワーに力比べを挑んだ過ちを悟る。

「それでオレからこの美しい国を奪えるとでも!?」

猛《たけ》るように吠《ほ》え、筋力だけでモニカを捻じ伏せてくる。

ここで屈してしまえば、身体《からだ》が弾き飛ばされ、そのまま槌の餌食《えじき》になる。腕が引き千切れようと、押しきるしかない。

二本目の小刀が軋《きし》む音が響く。刃が曲がり始めている。砕かれるのは時間の問題。

「どこが美しい国だ……っ」

唸《うな》るように声を発していた。

「キミの国が生み出した《暁闇計画》を巡って、どれだけの人間が死んだ……⁉」

目的は察せられている以上、隠す必要はない。

ここまでくれば精神力が物を言う。己を鼓舞するように発する。

「計画を止めるために世界各国の諜報《ちょうほう》機関で裏切り者が生まれ、『蛇《へび》』に集った……！

スパイ同士で殺し合って、どれだけの英雄が命を落とした……！」

モニカが知っている範囲だけでも、ギード、アメリがいる。

クラウスもこの計画の怪しさに言及した。計画次第では止めるために革命を実現させた方がいい、と任務に王政府の打倒を練り込んだ。

「ニケさん――キミも計画に関わっているんだろう⁉」

強く怒鳴りつけ、ニケの槌を押し返した。

むしろ関わっていないはずがない。首謀者の一人に違いない。

「キミの決断で『焔《ほむら》』が……『鳳《おおとり》』が……どれだけの人間が命を落とし――」

「ギードの野郎が裏切ったせいだろうがあああああぁっ‼」

次の瞬間、より爆発的な強い力で押し返された。

身体が大きく弾き飛ばされるが、パワーの凄まじさのあまり逆に距離を取ることができた。少しでも力の角度が変わっていたら、地面に叩《たた》きつけられ敗北していただろう。

ニケが初めて見せた──憤怒《ふんぬ》。

それをエネルギーに変換するあたりはさすがだが、驚愕する。

それと同時に身を震わせていた。脳裏にあったのは、塔の拠点でフェロニカの名を口にした時の、微《かす》かな喜色。気づいた真実に呻《うめ》いてしまう。

「ニケさん──」

戦闘の手を止め、口を開いていた。

「──『紅炉《こうろ》』のフェロニカとどういう関係なんだ？」

一つ気になる出来事があった。

ティアとニケが白昼堂々とベッドで交わっていた。彼女は同性愛者。あるいはバイセクシャルなのだろう。そして行為後、彼女はこう語った。

──『キルケ君も実に良かったよ。遠い日の純情を思い出したぜ』

どこか引っかかる違和感があった。

彼女の深層心理が僅かに垣間見《かいまみ》える言葉。

「『キルケ』――あのクソビッチは『紅炉』の弟子だ。『紅炉』の声を真似ることで、かつて失った声を取り戻せた」

彼女はティアという女性を通して、何かを見たのだ。

かつて世界大戦で共闘し、そして、今は亡《な》き女性を。

「彼女を通して、何を思い出した？」

感情を強く露《あら》わにしたのは、それだけではない。

『紅炉』を殺した『紫蟻《むらさきあり》』の話題になった時も、彼女は強く嫌悪《けんお》を見せた。

「『ディモス』――『紫蟻』に強い憤《いきどお》りを見せたのは、アイツが――」

「誰かに伝えるほど安くない」

ハッキリと拒絶するニケ。

その態度を見て、余計な追及をやめた。その通りだ、と納得する。少しでも動揺を誘えればと思ったが、そんな真似が通じる相手ではない。

恋慕か、友愛か、信望か、憧憬か、敬愛か、片想《かたおも》いか――踏み込みはしない。

「オレは《暁闇計画《ノスタルジア・プロジェクト》》を完遂させる」

探り合いを打ち切るようにニケは、槌を高々と持ち上げる。

「誰だろうと計画に触れさせない——フェロニカが辿《たど》り着けなかった楽園を成就させる」

彼女はゆっくりと槌の柄を持ち直し、先端を握り込む。

豪快ではあるが、リスクが大きい破壊的なスタイル。先ほど間隙《かんげき》を縫って銃弾で撃たれたはずだが、再び左腕だけで行うようだ。

「————」

勇猛果敢な姿勢に、モニカは今一度神経を張り詰めていた。

目の前にいるのが、間違いなく世界最高峰のスパイなのだと理解する。

かつて世界大戦を終結に導いた、七人の一人。

背負うものは、七百年以上の歴史か。四千万人の国民か。それとも今は亡き戦友か。

小刀をしまい、別の武器を取り出す。慣れ親しんだ得物ではなく、対強者用の武器。

リスクを取らねば気迫に屈すると直感が判断した。

「……関係ないよ。アンタを退けて『灯《ともしび》』は世界の秘密に辿り着くんだ」

手に握りしめるのは、無数の紙。紙吹雪のように、あるいは花びらのように細かく刻まれた紙は、微かに湿り、薬品の臭いを纏っている。

「ボクは最初から、この世界そのものをぶっ壊す気なんだから」

「あ?」

「アンタと同じだ。誰かに伝えるほど安くない」

訝《いぶか》し気な顔のニケに、ハッキリと告げる。

これが最後の一撃になる。そう悟り、全身の筋肉が熱を帯び始める。

「想《おも》いが大切であれば大切であるほど、隠し通さなきゃダメなんだ。声高に叫んでしまえば、辱《はずかし》められ犯され刻まれ潰され、形なんて分からなくなる」

脳裏に過《よぎ》るのは、銀髪の少女。

そして、かつて踏みにじられ、押し潰された苦々しい記憶。

「この地獄で一緒に生きようぜ。ボクたちは想いを殺して生きるんだ」

「キミが部下になってくれないことが本当に惜しくなってきたよ!」

ニケが大きく槌を振り始めた。ロクに力が入らない右腕を用いて。大量に流れ出ていく血が槌に伝い、おどろおどろしい赤に染め上げる。

振るわれる槌が砂埃《すなぼこり》と烈風と、そして血を纏った時、ニケが突っ込んできた。

仮に銃弾を放とうと、彼女の突進を止める術《すべ》はない。

あらゆる障害を破壊し尽くしてきた槌は、敵を潰し切るまで減速しない。

「秘武器《ラストコード》《付焼刃《つけやきば》》──焦がれ華やぐ世界だ」


モニカが手に握り込んでいた紙を投げ、新たな力を作動させる。

アネットから渡されたのは、強い光を放つ照明器具。

本来はただのライトにしかならないが、モニカが用いた時に別の意味をもたらす。

鏡とレンズの組み合わせ。光を自在に曲げ、集約する時、強い熱を生み出す。モニカが事前に放った可燃性の薬品が染《し》み込んだ紙を発火させる。

演算技術と精密動作が──あらゆる場所への発火を可能にする。


「…………っ」


モニカとニケを取り囲む一帯が、突如、激しい光と熱で包まれた。

炎の結界──モニカがばら撒《ま》いた紙の内側にいる者の五感を奪う。

しかし、ニケの槌は燃える炎を全て吹き飛ばす。勢いは全く衰えない。目の前の人間を砕けるのならば、身体が燃え尽きようと構わない。

モニカが、そのニケの槌を避けられたのは僥倖《ぎょうこう》。

だが勝敗を分ける、決定的な瞬間でもあった。

「ごめんね。アンタがどれだけの想いを秘めているかは知らないけど」

槌の風圧により炎がかき消された空間に平然と立っていたのは、モニカ。大きく槌を空振りさせるニケの背中に立つ。

再び《付焼刃》を起動させる。

放たれた光を屈折させ、ニケの服に一極集中。彼女の身体にはすれ違い様、既に薬品を塗布している。

「踏みにじるよ」

言葉を放った瞬間、ニケの身体が炎に包まれる。

一瞬で皮膚を焼く熱と痛みは、彼女の残り僅かな体力を根こそぎ奪うのに十分だった。

◇◇◇

庭園に潜むエルナの視界には、火を纏《まと》いながら倒れ行くニケの姿があった。

驚愕《きょうがく》を受け止めきれず、固まる。

「ほ、本当に勝っちゃったの……！」

一度、モニカたちから離れていったエルナたちだが、庭園一帯が国王親衛隊に包囲されていると悟り、逃亡を中断。庭園に隠れて陣形が崩れるタイミングを見計らっていた。庭園に罠《わな》を仕掛けるアネットをサポートしていた時、モニカたちが追いついてきた。

バラの花壇のそばで彼女たちの激闘を見届けた。

そして、決着がついた。モニカは《付焼刃》で圧倒した。彼女の前で倒れていくニケ。

一瞬燃え上がった火はすぐに消えたが、既にニケに戦意は残っていないようだ。

「……ホント、どれだけ頼もしいのよ」とティアが引きつった笑みを見せる。

彼女の言う通りだ。モニカの桁違いの才能と成長に目を見張るしかない。

不可能と思われた、ニケ超えを彼女一人でやってみせた。

アネットがエルナの腕を引いてきた。

「俺様っ、この隙に逃げた方がいいと思いますっ！」

はたと気がついた。

まだ自分たちは窮地にいる。国王親衛隊はエルナたちを取り囲んでいるはずだ。

アネットはけらけらと笑いかけてきた。

「ニケのヤローを人質にして、逃げ延びましょうっ！」

「正論だけど、お前が言うと物騒なの‼」

「拷問は俺様に任せてくださいっ！」

「……程々にしてあげてね。敬意は払いたいわ」

ティアが溜《た》め息と共に、アネットの頭を撫《な》でる。

敵の諜報《ちょうほう》機関のトップを誘拐など大胆な展開だが、あとはクラウスが処理してくれるはずだ。なにせニケから《暁闇計画》を聞き出せば任務達成なのだ。

（とにかく、このままニケの身柄を――）

そう思った時――エルナの鼻腔《びこう》を破壊する悪臭が届いた。

咄嗟《とっさ》に鼻を押さえる。

実際の悪臭ではなく、エルナだけが感じ取れる不幸の予兆と理解する。しかし、その原因が思い当たらず、眉を顰《ひそ》めた。

（…………大きな見落としがある？）

そう察することはできれど、なんなのか分からず戦慄するしかない。

肥大化していく不幸の予兆が、エルナの身体《からだ》から熱を奪い続けていく。

◇◇◇

とうとう屈したニケの横で、モニカは大きく息を吐いていた。

近くの庭園の木を摑《つか》み、その場に倒れ込みたい気持ちに抗《あらが》う。足から力が抜けそうになり、気を緩めた瞬間に、身体を殴りつける疲労がやってきた。なんとか踏みとどまる。

(かなり消耗したな………)

激戦になる覚悟はしていたが、それ以上だ。

予想を超えたのは、ニケの諦めの悪さだ。

最初にニケの肩を射貫《いぬ》いた瞬間に、モニカは九割方の勝利を確信した。相手も同じ予感は抱いたはず。賢《さか》しい相手ならばそれ以上の戦闘は避け、逃走か交渉を選ぶはずだ。

ニケは一割の勝利を諦めようとしなかった。

(どんだけ負けず嫌いなんだよ。この女――)

全盛期を過ぎたベテランの振る舞いではない。

ある意味ではガムシャラな、引き際《ぎわ》を弁《わきま》えない蛮勇に、尊敬の念すら抱いてしまう。

「………やるじゃないか」

まさかの声が届いた。

一度気絶するように倒れたニケだったが、すぐに目を覚ましたようだ。身体に力は入らないようで起き上がる様子はない。焼かれた皮膚を辛《つら》そうに摩《さす》り、微《かす》かに笑う。

「ドラ息子の教え子のくせに」

「まだ余裕ぶるかい」

モニカは小刀を取り出し、仰向けのニケの頬に当てた。

「大人しく情報を吐けよ。ついでにボクたちの安全も確保してくれる？」

「欲張りが過ぎるな。国王親衛隊に『オレごと撃ち殺せ』って指示もできるんだぜ？」

「しないでしょ」

「当然。この国ではオレ以外の誰が死んでも構わないんだ」

「キミ以上に国を守れるスパイはいないから？」

「……なぁ、アイオーンが来てくれよ。オレの後継者になればいいのに」

「断る。『吸血鬼』なんてアホな設定、もうコリゴリだ」

「あはは、アレは見事だね。キミの予想通り、オレは血のにおいに敏感だからね。女性工作員の生理周期は全員、把握しているよ」

「……そういうとこだよ」

きっとティアとは性格が合うだろうな、と予想をした。

任務の最大の障害でありながら、どこか憎めなかった女。もう少し正体を現すのが遅かったら、案外、丁寧に指導をしてくれたのかもしれない。

闘い終わりの脱力と共に肩を落とした時、ニケの艶やかな唇が動いた。

「ただし、オレを降《くだ》すにはまだ早いな」

からかうような、温かく見守るような、そんな微笑《ほほえ》みだった。

ニケの不気味な言葉に、モニカは確かな敵意を感じ取る。

やはり指の一本でも切り落とさねば、彼女の脅威は落ちないようだ。力が入らずに地面に投げ出されている左手に、小刀を振り下ろそうとする。

背後から耳をつんざくような絶叫が届いてきた。

「……ニケ様ああああああああああああっ‼」

悲鳴のような、あまりに情けない声をあげる男など一人しかいない。

（タナトス……？）

ニケの窮地に耐えられなかったようだ。

武器一つ構えずに真正面から飛び込んでくる。全身の動きがバラバラの、運動センスをまるで感じさせない走り方。顔は涙と鼻水で汚れている。

このまま近づけさせるわけにはいかない。

右手の小刀を左手に持ち替え、空いた右手で拳銃を取り出し、速射。脚を狙う。
タ、ナ、ト、ス、は速度を更にあげ、銃、弾、を避けた。

「――⁉」


爆発的な加速。

その勢いのまま全身を一つの砲弾に変えるような、捨て身のショルダータックル。

（なんだ、コイツ……⁉）

肩に向かって小刀を振るうが、勢いを止められない。肩に小刀の刃《やいば》が食い込んでいくことにも構わず、タナトスは強くモニカにぶつかっていく。

車で轢《ひ》かれたような衝撃で吹っ飛ばされる。

指の骨が砕かれた痛みに悶《もだ》えつつ、状況を理解した。

――アイオーンの正体を現した時、モニカの奇襲を唯一避けた男。

その姿があまりにみっともなく、彼の身体能力を評価しなかった。

「身体の衰えは感じるよ。だから前にも言ったじゃないか」

地面に転がるモニカの前では、ニケがタナトスの手を借り立ち上がっている。

「オレだって愛を注ぎ、手塩にかけて弟子くらい育てるさ」

ニケと常に行動し、暴力を受ける度に興奮していた男の正体——ボディガードだ。

部下であったモニカやティアにも一切伏せていた、切り札。

タナトスは肩に刺さったままの小刀を取ろうともしない。痛覚が鈍いのか。ダメージさえ負っている素振りもなく「あぁ、いたわしい……」とニケの身を心配している。

ニケから「オレじゃなく敵を見ろ」と叱られ、タナトスは「は、はい……」と掠《かす》れた声を漏らし、モニカを見た。

「え、えぇと……敵、なんだよね？　ア、アイオーン君……？」

「そこから説明が要るの？」

「う、うん。そうだね。でもね、不思議と嫌いにはなれないよ。さっきの話、唇の動きで分かったから。こっそり見させてもらったよ……」

妙に親し気な声で話しかけてくる。

「アイオーン君。ぼ、ぼくも、想《おも》いを隠しているんだ……」

「……？」

「……ぼくは、マゾなんだ……」

隠せてねぇよ、と答えることさえできなかった。

気味が悪すぎる。

モニカが反応できなかった身体能力。五十メートル以上は離れていたはずなのに唇の動きを読み取る視力。やけに親密な態度、その全てが理解できない。

「じょ、女性に踏みにじられたくて常に悶々《もんもん》としている……おかしいよね、こんなの。性欲も性癖も生まれ持ったもので、どうしようもないのに……満たされないんだ。水商売の女性に金を渡してイジメてもらっても。所詮はプレイ。紛《まが》い物。ぼくより強くなきゃダメだ。だ、だからふざけるなって壊しちゃう。何人もそうした……留置所でニケ様はぼくを容赦なく蹂躙《じゅうりん》してくれた……ぼくを満たしてくれるのは、ニケ様だけだった」

タナトスはつっかえながらも早口で主張する。

「ぼくを踏みにじれる人は、ニケ様以外に存在しないから」

ニケが途中で呆《あき》れたように「もうオレより強いけどね」と呟《つぶや》き、タナトスが愛《いと》おしそうに「いいえ、それでも一番はニケ様なんです」と首を横に振っている。

モニカの理解を超越している男と、それを飼い慣らすニケ。

口から出てきたのは、諦めのセリフだった。

「……どんだけ隙がないんだよ」

「奥の手がないとでも?」

桁外れの先見性と並外れた暴力、国王さえ超越する国民からの人気。軍人からの人望。

そして、なによりも並のスパイでは歯が立たない戦闘技術。

加えてまだあったのだ――後任の指導も疎《おろそ》かにしない、育成能力。

『燎火《かがりび》』のクラウスに欠けている才能さえ、彼女は併せ持つ。

「――一分で仕留めろ、タナトス」

「……はい、ぼくの御主人様………」

ニケが愛に富んだ声音で告げた時、タナトスはニケが手放した槌《つち》を握り込んだ。その動作だけでもニケより速く、より荒々しい。嵐が生まれる。

疲労が全身に回った今のモニカでは敵《かな》うとは思えない。万全でも無理だろう。

大きく槌を振りかぶったタナトスの前で、モニカは敗北を受け入れる。

唯一できるのは、できる限りこの怪物を留《とど》め、仲間が逃げる時間を稼ぐことだった。

エピローグ　花束

美術館前での戦闘は、ガルガド帝国のスパイの破壊工作として処理された。

――王国の英雄ニケ。ガルガド帝国のスパイと交戦し、拘束に成功。

国王親衛隊の中佐を狙った暗殺を『創世軍《そうせいぐん》』は察知。緊急のためニケ自ら動いた。

偉業は、その日の夜には国中に報道された。一般市民に怪我人は一人もなかった、と警察当局は発表。続けて「『創世軍』はスパイ及び秘密結社の情報を求めている」と強調される。「善意の通報が国を守る」――まるで子どもに言い聞かせるように。

多くの国民がニケの功績を称《たた》えた。酒場でワインやビールを飲み交わし「さすがニケ様だ」「あの方がいれば国は安泰だ」と喝采をあげる。

ニュースを見た老若男女《ろうにゃくなんにょ》の意見は、大方一つに集約されていく。

「王政府はクソだが――」

彼らは顔を赤くして、口を揃《そろ》えて言う。

「――ニケ様だけは偉大だ」

かくして、また一人、ニケに抵抗の牙を抜かれていく。

『クソな王政府を守っている者こそがニケ』という事実を深く考えない。酒場で安いビールを飲み、悪臭漂う道を通って、小さく古く汚いアパルトメントに帰宅する。届いていた家賃の滞納通知に顔をしかめる。高すぎる税金のせいだ、と再び王政府を罵り、かつて誘われた地下秘密結社を思い出す。参加すれば、少しは王政府も国民の生活を考えるかもしれない。しかし、それはニケ率いる『創世軍』に刃向かうこと。家族の笑顔を思い出し、バカな発想だと思い留《とど》まる。ラジオを点《つ》ければ、まだニケを称えるニュースが流れている。いいじゃないか、と酔い覚ましの水を飲む。今は辛《つら》くても、いずれ景気は良くなる。ニケ様が帝国のスパイを追い払ってくれさえすれば、王国は帝国からの賠償金が入り続ける。いずれ税金も安くなる。そう言い聞かせ、家族が寝静まった部屋のベッドに潜り込む。

それがライラット王国の大多数の国民の生き方だった。

◇◇◇

エルナたちが地下墓地に戻ってこられたのは、任務翌日の昼だった。

モニカから指示が出た瞬間、アネットが事前に仕掛けていた発煙筒を作動させ、逃走。

混乱に乗じて国王親衛隊の包囲を突破した。逃走用の車はジビアが事前に用意してくれた。途中で検問に捕まりかけたので乗り捨て、『義勇の騎士団』の協力者の家に匿《かくま》ってもらい、騒動をやり過ごし、早朝、ようやく移動できた。

地下墓地最奥《さいおう》の空間では、スージーが待ってくれていた。

「よくここまで辿《たど》り着けたわね」

スージーがタオルを差し出してくれる。

拠点にいるのは彼女一人。アルチュールはどこかに出かけているらしい。

「最悪の場合、同志に頼むことも想定していたけど、さすがね」

エルナは汗で汚れた顔を拭きながら椅子に深く腰を下ろした。

「……全部、モニカお姉ちゃんのおかげなの」

一番の功労者は、モニカだった。

正体を露《あら》わにしたタナトスの暴力は凄《すさ》まじかった。彼が槌を振るうと地面が割れ、震動が場を呑《の》む。一振りが爆弾のような威力を有し、美しい庭園が瞬《また》く間に更地に変わった。

――破壊神。

そんな言葉さえ浮かぶほどの男に、モニカは一人で立ち向かった。遠巻きに囲んでいた国王親衛隊の警戒を引き受け、エルナたちの逃走を支えた。

「………モニカさんは？」

「救えなかった」

スージーからの問いに、エルナは首を横に振る。

地下墓地に戻れたのは三名。エルナ、アネット、ジビアのみ。モニカは『創世軍』に拘束された。最終的にタナトスの前に屈し、力尽きた。

「この様子だと、ウディノ中佐の説得もうまくいかなかったようね」

憂鬱気にスージーが頰杖《ほおづえ》を突いた。

「つまり——完全に手詰まりね」

そう、今回の任務は『灯《ともしび》』にとってあまりに痛手。

『創世軍』内部まで潜り込んだティアとモニカの正体を明かした。国王親衛隊の突破口に成り得るウディノ中佐と決裂した。なによりモニカを拘束された。

得たのはタナトスの情報くらいで、損失が多すぎる——少なくとも今のところは。

スージーが苦々しい表情で唇を嚙《か》んだ。

「どれだけ険しい道なのよ。革命は……」

「大丈夫なの」

エルナは首を横に振った。

え、と不思議そうな顔のスージーを安堵《あんど》させるよう、微笑《ほほえ》んでみせる。

「おそらく今頃、うまくやっているはず。ただでは退《ひ》かないの」

「……？　どういうこと？」

「ケンカは多いけれど、なんだかんだ二人は良いコンビ」

最初は不安いっぱいだった組み合わせに思いを馳《は》せ、口角をあげる。

「ティアお姉ちゃんが、モニカお姉ちゃんの頑張りを無駄にするはずがないの」

彼女はいまだ地下墓地には戻ってきていない。美術館前広場から逃走後、身を潜めた後に別の場所へ向かった。ティアだけにしかできない大仕事を成すために。

実は『LWS劇団《ラヴィス》』にも明かしていない策が『灯』にはあった。

これこそが真の本命――作戦の第三フェーズ。

◇◇◇

ウディノ中佐はいまだ混乱の最中にいた。

分かるのは自身が『創世軍』と反政府活動家の両者に利用されたこと。

他は不明なことばかり。ニケと互角以上に闘った、蒼銀髪《あおぎんぱつ》の少女は何者なのか。自ら交渉しに来た黒髪《くろかみ》の女性の目的とは。報道によるとガルガド帝国のスパイらしいが、彼らは『創世軍』の裏切り者だとニケが仄《ほの》めかしている。理解不能だ。

ニケは急遽《きゅうきょ》病院に搬送され、タナトスという男はニケを心配し話にならない。何も分からぬまま同輩に消えた少女たちについて供述し、最低限の仕事を果たした。

結局仕事が落ち着いたのは、翌日の昼。

だが一度仮眠を取るために帰宅したウディノ中佐は、一層混乱を深めることになる。

ピルカ十二区にある一軒家の客間には、件《くだん》の黒髪の女性がいた。

仲間からは「ティア」と呼ばれていたか。

妻が家に上げたらしい。彼女の正面に座った妻は「ジョゼフの恋人ですって。あの子もやるわね」と上機嫌に紅茶とお茶菓子を勧めている。

ウディノ中佐はすぐさま客間から妻を追い出し、ティアと向き合った。

「キミは、何者なんだ？」

妻のそばで声を荒らげるわけにはいかない。

あくまで冷静に彼女を強く睨《にら》みつける。

「自首なら親衛隊の事務所に行け。一度逃れていたはずなのに、なぜもう一度来た？」

「事情を説明したくて」ティアは優雅に紅茶を飲む。

「……なんだ？　言い訳なら聞く気はないが」

「私たちは『創世軍』の工作員でした。しかし、そこである決定的な事実を掴《つか》み、ニケ様と袂《たもと》を分かち、反政府活動に従事せざるを得なかったのです」

ウディノ中佐は前のめりにならざるを得なかった。

混乱の最中では、敵と思わしき人間の説明だろうと聞かざるを得ない。家族がすぐ隣の部屋にいる状況ならば、暴力は最終手段にしておきたい。

懐《ふところ》に入り込まれているのに気づきながらも、ウディノ中佐は耳を傾ける。

「――ニケ様は、いずれ死にます」

まるで予想だにしなかった言葉。

ティアはこのタイミングで、ウディノ中佐に正面の椅子に腰をかけるよう促した。

卑怯《ひきょう》だ、と感じながらも従わざるを得ない。彼女がニケの部下として近しい場所にいたのは事実らしい。

「当然、国家機密です。国王親衛隊の中佐として詳しく聞かねばならない事実。ご内密に」

「……どういうことだ？　ニケ様のそばにいた私たちしか知らない事実。ご内密に」

「ある意味、病気ですね。この王国が患っている、死に至る病」

「言葉遊びに付き合う気はない。根拠は？」

「昨日アナタには見せたはず。新世代のスパイに完敗したニケ様を」

『見せた』という表現に、そういう意図かと腑《ふ》に落ちる。タナトス同様、少し遅れて庭園に駆けつけたウディノ中佐も衝撃の現場を目撃している。

報道では決して流れなかった情報だ――ニケは敗北したのだ。

スパイを拘束したのは、タナトス。後任が育っているという喜ばしいニュースではあるが、ウディノ中佐も動揺しなかったと言えば嘘《うそ》になる。

彼は国王親衛隊の仲間には、その真実を言えなかった。無駄な混乱を広める、と判断した。加えて「タナトス」という男は、ニケの身を守る国家機密だろう。

「既に全盛期は過ぎている。本来は組織のボスらしく振る舞うべきなのです」

「にもかかわらず、彼女は最前線で武勇を振るい続けている？」

「ええ、衰えていく身体《からだ》をその美貌で誤魔化しながら」

微《かす》かに小首を傾《かし》げ、憂うように艶やかな唇を撫《な》でる。

「今回の件でニケ様が自らの引き際《ぎわ》をご理解してくれたら素晴らしいですが、まぁ、無理でしょうね。国王がそんな真似《まね》を許すはずがないでしょう」

「――――！」

「英雄は遠からず命を落とす。そうなれば、この国は呆気《あっけ》なく崩壊するでしょうね」

ティアは身を乗り出し、ウディノ中佐の瞳を覗《のぞ》き込むような上目遣いをしてくる。

「――国王親衛隊の中では、アナタしか知らない事実です」

口の中が急速に乾いていく心地を感じ取っていた。

目の前の美しい女性に心臓を直接掴まれるような、気味の悪さ。国家を守る使命感、ニケに対する尊敬と忠誠心。揺らがなかった信念が震えているのが分かる。

――この女に心を呑み込まれようとしている。

性的興奮とは似て異なる。だが彼女が声を発する度に、本能のような身体の芯が反応してしまう。彼女の声をもっと聴かねばならないような錯覚。体温が上がる。

彼女の誘惑に抗《あらが》うために頭を回していると、突如、客間の扉が開いた。

息子であるジョゼフが興奮した顔で「親父《おやじ》っ！　これを見てくれっ」と駆け込んでくる。そばかすが目立つ純朴そうな顔立ち。彼はすぐ客間に顔見知りがいたことに気がつき、身体を硬直させる。

ティアが猫を被《かぶ》ったお淑《しと》やかな笑みで手を振った。

「ふふっ、お邪魔していますね」

「えっ、ティエルさん⁉　あ、なんでここに⁉」ジョゼフの声は上ずっている。

「はい、夜の約束まで待てずに来ちゃいました」

「今晩も出かける気なのか⁉」

思わず叫ぶウディノ中佐。頼むからこの女だけは止《や》めておけ、とあとで言い聞かせようと決心し、息子の未来を猛烈に心配する。

「そんなことより――」

ティアが小さく口の端を上げ、ジョゼフが手にした紙を指さした。

「――素敵なものをお持ちで」

ジョゼフはそこで客間に来た理由を思い出したように、一枚のビラを見せてきた。

「そうだよ、親父！　これを見てくれ！」

ビラに刷られていたのは、一枚の大きな写真と解説。

写っているのは――血だらけになりながらも尚《なお》、勇ましく槌《つち》を握るニケ。

「昨日の事件だよ！　このビラが街中に貼られているんだ‼」

とんでもない騒動になる、と身体から血の気が引いた。

撮影したのが、あの蒼銀髪の少女だと理解する。ピントが合い、誰が見てもニケだと分かる。あの激闘の最中に撮影までしていたのか。

このビラは大学や街角に貼られ、多くの家屋のポストに入れられていたようだ。何千枚か深夜に刷り、早朝にばら撒《ま》いたのだろう。国王親衛隊は昨晩から事件にかかりきりで、早朝は気を緩めていた。『創世軍《そうせいぐん》』はニケの負傷で統率が取れていなかった。

王政府の隙を突く、完璧な情宣活動。

（……なにが『国王親衛隊の中では、アナタしか知らない事実』だ）

動揺した己を恥じるが、重荷が下りたことに安堵する自分がいた。

「教えてくれませんか？　ウディノ中佐」

ティアは尚、親し気に語りかけてくる。

「聡明《そうめい》なアナタなら分かるはず。なぜニケ様がここまで追い詰められているのか？」

反射的に出て来るのは、国王親衛隊の常識。

思考停止し、それを吐き出していた。

「全てはガルガド帝国の悪鬼どもが――」

「何言っているんだ、親父。このビラの主張はもっともだ！」

言葉は、息子のジョゼフに遮られた。呆《あき》れ、叱るような口調で。

「自らの権力を守るため、秘密結社の取り締まりを推し進める――クレマン三世だ」

ビラには、国王クレマン三世がニケをいかにぞんざいに扱っているか記されている。

即位直後から秘密結社に関する法整備を進めた。検閲、国王親衛隊の増強、市民同士の通報の奨励。『創世軍』の仕事量は増え、特にニケは仕事に忙殺された。また国王も秘密結社が多いとされる地域に赴く時は、護衛としてニケを呼び出し、辺りを警戒させる。

――なぜ現国王は、ここまで秘密結社を警戒するのか？

その答えもビラに記されている。

――ブノワ前国王が、秘密結社『ＬＷＳ劇団』により退陣を余儀なくされたから。

ウディノ中佐も名前だけは聞いたことがある。

二年前に存在した、正体不明の秘密結社。伝説扱いされているが、何を成し遂げたのかは誰も知らないという謎の機関。

「言ったでしょう？　ウディノ中佐。『二人の女性を救いたい』と」

美術館で彼女が語った活動の目的。

その時は分からなかったが、何を意味するのかハッキリと分かる。

「さっきすれ違った親衛隊の人たちも言っていたよ」

ジョゼフが興奮気味に主張する。

「帝国の脅威から守る最強の盾を、自らの権力を守るために使い潰しているって。親父の部下だって気づいているさ」

早すぎる、と不審に思うが、すぐに納得した。

元々ティアたちは国王親衛隊の部下を通じて、手紙を送ってきた。当初の差出人は知っている。警察、『創世軍』の工作員、秘密結社の活動家、国王親衛隊、誰とでも仲良くなる快活な白髪の少女。彼女がもし事件直後に噂《うわさ》を広めていたのなら。

「アナタは戦争を肌で知らぬ者を蔑んでいましたよね？」

美術館での会話をティアは持ち出してくる。

「クレマン三世のことはどのように捉えていますか？　二年前に即位したばかりの、戦争に直接関わっていない男。彼がニケ様をコキ使っている件については？」

大きく時代が変わろうとしている。

息子が持ってきたビラには、傷だらけで瀕死《ひんし》のニケが鮮明に映っている。『いずれ命を落とす』という言葉に真実味をもたせる。

仮にニケが命を落とせば、この王国はどうなる？　想像するだけで身の毛がよだつ。

――ニケを守るためには、今の王政府を倒さねばならない？

悩むウディノ中佐の前では、誘惑する悪魔のような女性が微笑《ほほえ》んでいる。

「私たちの価値感は一致している――そうでしょう？」

隣では息子もまたこちらに視線を向け、父の答えを待っている。

感情を捨て、理性で考える。

しかしどれだけ突き詰めようと、彼女の言葉は少しずつ抵抗心を溶かしていく。

◇◇◇

塔の拠点で、ニケは街中に配られたというビラを見つめていた。

──全身から血を流し、なお勇ましく敵を睨みつけるニケの姿。

もっとも彼女が怒り猛《たけ》った瞬間が見事、収められている。誰もが英雄の雄姿に胸を打たれるはずだ。この一枚が王国を揺るがす事実は想像に難《かた》くない。

本来ならば、ニケの人気を押し上げる悪くない宣伝効果。

が、さすがにこれはやりすぎだ。

「……オレが美しすぎることが裏目に出たな」

舌打ちをして、己の包帯を外した。混乱を収束させるためにいち早く国民の前に姿を現したいが、逆効果だろう。モニカに焼かれた肌の火傷《やけど》は広範囲に及んでいる。時間が経《た》てば完治するだろうが、数日では無理だ。化粧でも隠し切れない。

──疲弊するニケ。そんな英雄を酷使する、愚鈍な国王。

その構図を強調するビラは数千枚以上、配られた。今も国のどこかで増え続けているだろう。原版は既に国内各地の印刷工場に回されているはずだ。

（オレが昼まで動けないことを見越して、一気に広められたか）

モニカとの戦闘直後は、指示を出すどころではなかった。流血が激しく、怪我《けが》を放置すれば命に関わる。せいぜい『エルナたちを探せ』と国王親衛隊に指示を出せただけ。

──ビラを配ったのは『義勇の騎士団』か。

『草原《そうげん》』のサラにより仕留め損なった残党。代表のジャンを逃したのは痛手だったか。残った協力者をかき集め、この早朝工作を成し遂げた。『LWS劇団《ラヴィス》』も関与しているか。

悔やみながらも、隣の愛弟子《まなでし》に憤慨する。

「タナトスぅ？　お前が指示を出していれば、取り締まれたんじゃないのかい？」

頼りの男は慌てた顔で、ニケの身体を拭くお湯を用意していた。

「い、いや、ぼくはニケ様の容態が心配で付きっ切りに……」

「あーぁ、やっぱりあの二人は欲しかったぜ。片方だけでもくれないかな」

「そ、そんなぁ……」

「…………まぁ、いいか。今回は助けられた。たまにはご褒美《ほうび》をあげよう」

タナトスが無言で四つん這《ば》いに座り込んだので、ニケはその上に腰を下ろした。椅子代わりにされた部下は「あっ」という喘《あえ》ぎ声を漏らしている。

湯で濡《ぬ》らしたタオルで身体を拭いていると、タナトスが「あ、あと」と口にした。

「……このビラについて、『創世軍』内部にも同調する意見が出ました」

「同調？」

「国王を追放し、ニケ様が新たな君主になればよい、と」

「アホか。オレがクーデターを起こしてどうする」

ニケは踵《かかと》を用いて、タナトスの脚を蹴りつけた。

「王政はオレが動きやすくする隠《かく》れ蓑《みの》だ。強大な権力を陰で動かし、不都合があれば王を挿《す》げ替える。人の形をして多少の知能があれば、喋《しゃべ》る泥人形が国王でも構わない」

「……な、ならそう国民に説明すれば――」

「できるわけねぇだろ。頭、沸いてんのか？」

あくまでニケの立場は『王政府に従う諜報《ちょうほう》機関の長《おさ》』だ。少しでもスパイの世界に通ずる者ならニケが国政に関わっている事実を知っているが、建前上公表できない。

――クレマン三世によりニケは酷使され、命を脅《おびや》かされている。

その告発は全くの事実無根ではあるが、世間的には真実だ。

「それが狙いだろうな」

つまるところ、このビラの狙いは明白だ。

「オレの信者を反政府勢力に引き込むこと。加えて――」

言葉を繰り出そうとした時、エレベーターが音を立てた。

誰かが昇ってきているようだ。姿を現したのは、『創世軍』の工作員の一人。アイオーンとキルケの代わりに採用した、ニケの側近だ。

「ニケ様」彼女は小さく頭を下げる。「国王がお呼びです。至急、宮殿に」

「――オレと国王の関係を壊すことか」

怪我を理由に断ろうかと思ったが、立ち上がる。

あの臆病な男のことだ。ニケが民衆を煽動《せんどう》し、己の首を狙っている――そんな妄想を吹き込まれている可能性がある。国民のくだらない噂には敏感だ。

（……ルールを捻じ伏せてきやがったか――変革者ども）

なんにせよニケは動きにくくなり、活動家は盛り上がるだろう。

【国王と王政府、そして、ニケを打倒しなければならない】

そんな従来のお題目ならば、国民は相手にしなかった。

革命を支持されず、秘密結社は自滅する。ニケは絶対的な英雄だからだ。

【ニケを救うためには、現政権を打倒しなければならない】

だが、そんな正義が掲げられれば、話がまるで変わってしまう。

（……オレ自身が声明を出しても、どの程度効果があるか）

服を着替えながらも頭を回す。

（下手したら逆効果だな。『国王の命令で動くスパイ』という立場を否定できない以上、王政府に言わされていると受け止められかねない）

傷だらけの今のニケを衆目に晒《さら》せば、より国民が感情的になってしまう。

久しぶりに面白くなってきたな、とニケは服を纏《まと》いながら、この状況を作り出した少女に思いを馳《は》せた。『燎火《かがりび》』が差し向けてきた、最強の暗殺者――モニカ。

「まったく、大した悪役だよ」

今一度、手放してしまった事実が惜しくなる。

タナトスを蹴り上げ、彼と共に宮殿に向かう。

◇◇◇

計画の全容を知らされたスージーはしばらく言葉を失っていた。

吉報は続々と入ってくる。『義勇の騎士団』のメンバーは完璧に仕事を果たしてくれた。闘いの最中にモニカが撮影した写真を用いた、プロパガンダ。モニカからエルナに投げ渡され、そのまま部下に渡し、アルチュールから教えられた印刷ルートを利用した。ニケが朝までは治療に専念すると察知し、早朝までにビラを街中に貼りまくった。

国王親衛隊への働きかけは、ジビアが済ませた。ニケとモニカが闘っている最中、知り合いに、ニケがクレマン三世に酷使されている事実を伝え、噂を広めるよう頼み込んだ。

やがてティアが地下墓地に戻り、ウディノ中佐との交渉を成功させたことを報告する。

ようやく事態を呑《の》み込んだスージーは声を震わせた。

「本当に成し遂げられるかもしれない……！」

地下墓地の最奥《さいおう》で唸《うな》っていた。

「市民の十分の一、いや、百分の一でも賛同して、協力してくれるなら十分。それくらいのニケ信者は絶対にいる……！」

革命の気運が高まろうとしている。

他の秘密結社も便乗を始めるはずだ。こんな千載一遇の好機を見逃すはずがない。

「今回の事件を、クレマン三世の責任だと印象操作ができれば……！」

決して『ガルガド帝国の陰謀』だなんて物語には処理させない。

大丈夫だ、と確信する。ガルガド帝国のスパイが暗躍しているのは事実だが、王政府がニケに膨大な仕事を強いているのも真実なのだ。

――『LWS劇団』を恐れたクレマン三世が、反政府活動を取り締まったから。

『煤煙《ばいえん》』のルーカスと『灼骨《しゃっこつ》』のヴィレの活動が意味を成し始めた。

「あくまでニケを救うための革命――その建前が維持できれば、ガルガド帝国を憎悪《ぞうお》する国民の感情と矛盾しない。むしろ応援してくれる……！」

あまりに鮮やかな価値観の転覆にしばらく唖然《あぜん》としていた。

ずっと王国にいた活動家からは出てこない、計略だった。

「エルナさん」

隣で部下からの報告書を確認しているエルナに、スージーは声をかける。

「凄《すご》いね、『灯《ともしび》』って。まさかここまで成し遂げるなんて」

「うん、自慢のお姉ちゃんたちなの」

エルナは手を止め、誇らし気にニンマリと笑った。

「この国で広範囲な人脈のネットワークを作り上げたジビアお姉ちゃん。ニケを負傷させ、その姿を盗撮してみせたモニカお姉ちゃん。そして見事ウディノ中佐の懐柔を成功させたティアお姉ちゃん。お姉ちゃんたちがいれば、ニケなんて怖くないの」

「なに？　憑《つ》き物が落ちたような顔をして」

「うん。サラお姉ちゃんの言う通りだった――エルナは一人じゃない」

エルナは自身の手をじっと見つめている。

もう彼女の手に震えはなかった。ニケが植えつけた病を乗り越えられたようだ。たった一人でニケを圧倒したという仲間に心を揺さぶられたのか。

「……本当にモニカさんには感謝しかないな」

スージーは頬杖《ほおづえ》をついた。

「捕まってしまったのが残念ね。それが今回、一番悔やまれる点かしら」

彼女が逃げ延びていれば、『創世軍《そうせいぐん》』はより手を焼いたはずだ。

エルナも同様だろうと視線を向けると、彼女は空中をぼんやりと眺めていた。口が微《かす》かに開いている。考え事に耽《ふけ》るように。

「エルナさん？」と声をかけると、彼女から「いや……」と返答があった。

「実は、昨晩からずっと思っていることがあるの」

「ん？」

「モニカお姉ちゃん、最初から捕まる気だったのかも」

まるで訳が分からない言葉に「……はい？」と声を漏らしてしまう。

そんなはずがない、と直感的に考えた。収容所がどれだけ過酷かなんて、全国民が知っている。狭い牢獄《ろうごく》に押し込められ、何十時間もの尋問を受けるのだ。

「やっぱりニケに挑むのはリスキーすぎる」

エルナは口にする。

「最初から囚人として収容所に入ることを想定していたと考える方が自然なの。『創世軍』内部にいたなら収容者のリストを把握しているはず。それであの収容所に今——」

そこまで話したところで、エルナは口を噤《つぐ》んだ。慌てて「これは『灯』のトップシークレットなの」と取り繕い、わざとらしく話題を変えた。

部外者には聞かせられない話があるようだ。

それが何なのかはスージーには分からないが、エルナの頰は緩んでいる。

「とにかく——本心を最後まで隠し貫いたの」

小さく零《こぼ》した彼女の顔は、花が咲いたような笑みで満たされていた。

◇◇◇

中央収容所《タルタロス》には陽《ひ》が差さない。

高い塀に囲まれた環境、窓が少ない造り。一歩建物内に足を踏み入れれば、陽光から隔絶される。外の世界とは三重の堅牢《けんろう》な扉で仕切られる。六階までフロアがあり、重要度・危険性が高い人物ほど上層の階に収監され、脱走は難しくなる。

モニカは五階の独居房に移送される手筈《てはず》になった。

ニケとタナトスとの連戦で身体《からだ》は消耗していた。脚から首にいたるまで、あらゆる場所に痣《あざ》や傷が刻まれている。タナトスの槌《つち》により飛来する石礫《いしつぶて》は、モニカの身体を壊していき、最後には立ち上がれなくなった。

国王親衛隊に引き渡され、建物内を進んでいく。

歩く気力も湧かないが、彼らに運ばれるなどプライドが許さない。重い手錠に文句を漏らし、二人の軍人に挟まれて廊下を進んだ。

わざわざ二階の長い廊下を歩かされる。二階は集団房で、無数の囚人たちが檻《おり》の中から連行されるモニカを見つめている。

「見えるだろう？」

モニカを連行する軍人が嘲笑《あざわら》うように口にした。

「お前が捕まえ、尋問を命じた秘密結社の活動家たちだ」

辱《はずかし》めが目的か、と理解できた。

『アイオーン』と名乗り、親衛隊に命じて捕まえさせた活動家たち。一人として逃がさず拘束し、長期間、尋問にかけさせた。老若男女《ろうにゃくなんにょ》、秘密結社内の階級を問わずに。

二階のフロアにいる百人以上の囚人がモニカを睨《にら》みつけている。既に聞かされているのだろう。自分たちが誰により捕らえられ、自由を奪われたのか。

――ガルガド帝国のスパイが『創世軍』の気を引くために活動家を売った。

大方そんな説明がされたのだろう。

突然、顔に何かぶつけられた。

靴のようだ。囚人たちは数少ない所持品を投げつけ「ふざけやがって！」「帝国の極悪人がっ！」と不平不満をぶつけてくる。

靴や生ごみを避けず、モニカは呟《つぶや》いた。

「……ボクに関係なく、遠からず拘束されていたのが分からないかね」

「何か言ったか？」

「別に？」

全てをニケに掌握されている秘密結社など、革命の足を引っ張るだけだ。

一度潰し、再編成をした方がいい――などと語ることはない。どうでもよかった。他人から軽蔑の評価を受けるなど、彼女はもう慣れている。

――とっくに世界中から恨まれているよ、と呟く。

偽悪趣味――スパイとして生きるモニカの詐術。

誰かを傷つけ、蹂躙《じゅうりん》し、恨まれ、想《おも》いを隠し、任務を成し遂げる。

自分の役割は、この国の守り神であるニケに刃向う悪人になること。英雄になるのはティアやエルナが担《にな》えばいい。汚れ仕事こそが本業。

「貴様はギロチンに処されるだろう」

やがて五階の独居房に、モニカは押し込まれた。

「それまで様々な責め苦で拷問にかけられる。失禁だけはしてくれるなよ？」

品のない嘲笑と共に檻の扉は閉ざされた。

薄汚い部屋。明かり採りの窓さえなく、光は入らない。廊下側に食事用の小窓があるのみ。中の空気は凍《い》てつくように冷たく、いるだけで生気が吸い取られる。吸い込む空気は悪臭に塗《まみ》れている。

捕らえられた悪人の末路。スパイが辿《たど》り着く最悪の結末。

両手の手錠を見つめ、かつてアイオーンとしてニケに告げたセリフを思い出した。

――『負けませんよ。収容所にぶち込んでやります。囚《とら》われたソイツに、特大の花束と笑顔を添えて「幸せかい？」と煽《あお》ったりますわ』

囚われる可能性を想定していなかったわけではない。

だから考える――『果たして今、幸せかい？』と。

冷たい壁に背中を預け、ずり落ちるように座り込んだ。眠るように瞳を閉じ、離れていく国王親衛隊の足音に耳を澄ませる。

「お、こんなところで再会とは奇遇ですね。モニカちゃん」

能天気な声が耳に届いた。

陽光の届かない収容所にもかかわらず、声が聞こえた瞬間、胸に確かな光が広がった。

壁を隔てているので、顔は見えない。しかし瞼《まぶた》の裏には、咲き誇る――それこそ特大の花束のような華やかな彼女の笑顔が映っている。

照れ隠しのように早口な彼女の声が届き続ける。

「いーやぁ、ちょっとしたミスで捕まってしまい、『とんでもない拷問に遭うかも！』って身構えていたところ、後から大量の活動家が捕まって、そっちの尋問が優先されちゃって、放置されちゃいました。本当は三階の集団房だったんですが、五階の独居房に移されちゃって、これはこれで快適！　クラウス先生の言いつけ通り『波打ち際《ぎわ》の巻貝のように』と身を任せていたかいがありました。おかげで元気いっぱい！」

誰のおかげだと思っていやがる、と内心で呆《あき》れていた。

一年ぶりの再会というのに、彼女はちっとも変わっていないようだ。

「ですが、そろそろ――脱獄し、リベンジを果たしたいリリィちゃんです！」

前向きでなによりだった。
ティアたちが計画を成せば、革命は間もなく始まる。動乱が起こる。『草原《そうげん》』のサラも
この五階におり、ネズミを飼い慣らし始めている。リリィが捕まり、相棒のグレーテが何
も手を打っていないはずがない。
収容所からの逆襲はもう始まっている。
心を打ち震わせる感動を抱いていると、足元に見覚えがあるネズミが駆けてくるのが目
に入った。首元に何か括《くく》られている。サラが調教していたネズミ。お節介め、と苦笑し、
それを捕まえ、首の物を受け取る。赤い水飴《みずあめ》が紙に包まれている。
モニカは息を吐き、その水飴を紙に包み直し、食事用の小窓から腕を伸ばし、リリィの
方に放る。たとえ見えなくともコントロールがブレることはない。
彼女から「お、素敵なプレゼント！」と楽し気な声が届いた。
苦笑しながら、ぼんやりと天井を見上げる。
「…………………………キミが心配だったよ」

穏やかな心地で言葉を発した。

世界の誰にも本心を触れさせない――その唯一の例外に対して。

「キミが捕らわれたって知って驚いた。こんな暴力塗れの最悪な牢獄に」

『創世軍《そうせいぐん》』のスパイとして収容所の噂《うわさ》は何度も聞いている。

時に足を運び、傷だらけの囚人を見て言葉を失った。

「けれど動けなかった。キミが『灯《ともしび》』のメンバーだとはまだ『創世軍』にバレていない。迂闊《うかつ》に会えば、キミまでニケに目をつけられかねない」

ニケが知り得る、捕まっている『灯』のメンバーはサラだけだった。

ゆえに救えなかった。

――『部下を手塩にかけて育てることにした。二度と殺されないように、二度と裏切らないように』

ニケの直属になった時、かけられた脅しは覚えている。彼女は部下を完全には信頼しない。リリィと迂闊に接触すれば、彼女の首を絞める結果になる。

唯一できたのは、大量の人間を収容所に入れさせ、リリィの尋問を遅らせること。

「一刻でも早く駆けつけたかった」

肺から空気を押し出すように言葉を紡《つむ》ぐ。

「けど国王親衛隊から話を聞いた。外部から囚人を救う工作は多くの秘密結社が行い、失敗している。まず難しい。だから収容所内部に潜り込むことにした。命を脅かされようとも、どうでもいい。ニケやたとえニケ以上の敵に襲われようとも、必ず生きて辿り着く」

隣の独居房からリリィが息を呑《の》む声が聞こえてくる。

返ってきたその反応が不思議と心地がよい。

――『この地獄で一緒に生きようぜ。ボクたちは想いを殺して生きるんだ』

ニケに告げたセリフに偽りはない。

かつて自分は誰とも感情を共有できずに死ぬと諦めた。第三者に暴かれ、弄ばれ、仲間を裏切る羽目になり命さえ落としかけた。今だって恋心に振り回され、この悲鳴が絶えず聞こえてくる牢獄《ろうごく》に入れられ、身を滅ぼしている。王国中から憎しみを引き受けている。

しかし、なぜだか悪くない。

やがてモニカは噴き出すように息を吐き、かつての問いに『たとえ地獄でも、幸せを感じる権利くらいあるだろう?』と内心で答え、冗談めかして肩を竦《すく》める。

「――なんて、そんなことは全然思ってないからね。リリィ」

間章　帝国

「『蛇《へび》』のボスとして――どうしても其方《そなた》と取引がしたかった」

ガルガド帝国の地でクラウスは重要な邂逅《かいこう》を果たしていた。

かつて故郷のディン共和国を侵略し、ライラット王国とフェンド連邦を相手取り、世界大戦を引き起こした国。ディン共和国のスパイにとって最も警戒せねばならない大国であり、なによりクラウス自身にとっても大きな因縁のある組織がある。

――ガルガド帝国の謎多きスパイチーム『蛇』。

孤児だったクラウスを拾い、育て上げたスパイチーム『焔《ほむら》』は彼らにより壊滅した。組織のナンバー2だった師匠が『蛇』に寝返り、クラウス以外が命を落とした。

クラウスは『蛇』の目的を探り、幾度となく構成員と闘ってきたが、ある時、『蛇』のボスを名乗る人物からディン共和国の諜報《ちょうほう》機関に手紙が届いた。

――【我々は降伏する。どうか『燎火《かがりび》』に会わせてくれないか?】

罠《わな》を警戒したが、逃げるわけにはいかない。

クラウスは急遽《きゅうきょ》ガルガド帝国に向かい、首都ダルトンから少し離れた郊外の地に辿り着いた。丘の上にある、荒れた邸宅。涸《か》れた噴水がある、テーブルとガーデンチェアが置かれた物寂しい庭に彼は待ち受けていた。

十代後半の美しい顔立ちの少年だ。彫りが浅い、仮面めいた無機質な顔立ち。かけている眼鏡の縁まで、前髪が伸びている。質のいいブランド品のジャケットを着ており、重心にブレがない座り方からも品の良さが窺《うかが》える。

『蛇』のボスがまだ少年だった事実に、少なからずの驚きがあった。

「全てを話してみろ」

彼の正面に腰を下ろした。どれだけ憎い相手だろうと、相手が話し合いを望むのなら最低限の礼儀を示さねばならない。自身はスパイなのだから。

「お前が『蛇』のボスというのならば、全てを語れ。『蛇』の構成員、目的、どういう経緯で生まれ、そしてギードはなぜ『蛇』についたのか」

観察は怠らない。

目の前の少年以外に人の気配はない。視線を配ったところ、銃やカメラの類はない。機械などの動作音はなく、限りなく無音。

「嘘《うそ》を一つ吐《つ》くごとにお前の指を折る。僕が何も知らないとは思わないことだ」

実行しても問題は起こらないだろう、と結論を出す。

目の前の少年は仲間一人引き連れていない。クラウスがその気になれば、彼を昏倒《こんとう》させ、誰にも見つからず移送することもできる。

「ふっ」

少年から息を吐くような音が聞こえてきた。

クラウスは顔をしかめる。あまりに緊張感のない笑いだったからだ。

「いや、すまぬ。其方を笑ったのではない」

少年は手を振った。

「少し嬉《うれ》しくなってしまった。まさかこんな怪しい席に着いてくれるとは思わなくてな。椅子に何か仕掛けられているとは思わなかったのか？」

「罠があるかどうかなど見抜ける」

「『蒼蠅《あおばえ》』――いや、ギードの弟子か。豪胆なことだ。憎しみがないと言えば嘘になるが、やはり我から見れば尊敬の情しか湧かぬな」

憎しみだと、と尋ね返しそうになったが『白蜘蛛《しろぐも》』の件だろう、と思い直す。クラウスが自死に追い込んだ、彼の部下だ。他にも何人もの部下をクラウスは破滅に追い込んだ。

「──『紅蜂《べにばち》』だ」少年が告げてきた。

「……？」

「我のコードネームだ。『紅炉《こうろ》』に畏敬の念を表し、一文字使わせてもらった」

「…………」

《蛇》のコードネームが色で統一されているのは、彼女から始まっているようだ。

不愉快と納得を同時に抱きつつ、クラウスは眉をひそめた。

「僕の顔が見たくて、わざわざ呼び出したのか？」

世間話を交わす気はない。クラウスは相手との殺し合いを覚悟し、臨んでいる。服のベストには拳銃のホルスターが隠されている。

紅蜂と名乗った少年は向けられた怒気をはぐらかすように立ち上がった。

「……少し、場所を変えよう」

やや捻《ね》じれたように聞こえる声を漏らし、彼はクラウスの横を素通りしていく。

すれ違いざまに見えた口元は固く真一文字《まいちもんじ》に結ばれていた。

津波、火山、戦争、避暑。古来、権力者が丘に屋敷《やしき》を構える理由はいくらでもある。

紅蜂が呼び出した邸宅がある丘もその一つのようで、大きな屋敷がしばしば見受けられた。褐色のレンガ造りの壁が続き、道脇にはイチョウの木を中心に街路樹が立ち並んでいる。石畳で整備されている道が二人の足音を響かせている。

他に通行人はない。

紅蜂は駅の方向に歩いている。いずれ賑《にぎ》やかな駅前に辿《たど》り着くはずだ。

「ここ最近、ガルガド帝国を訪れたことは？」

歩みを止めないまま紅蜂が口を開いた。

「ここ一年は合衆国にいた」とクラウスは短く答える。

「合衆国？」

尋ね返された言葉には返さず、紅蜂の反応を観察する。

彼はまるで意図が分からないようだ。僅かに瞬《まばた》きの回数が増える。

「ならば近年の帝国の政治情勢については把握していないか？」

「そんなはずはない。全て把握している」

「具体的には？」

「全て、と答えたはずだ」

意味のない質問だった。スパイがどれほど情報を摑んでいるかなど明かせない。

紅蜂も察したようで「なら既知かもしれないが」と前置きをして話し出す。

「大戦での敗戦以降、ガルガド帝国は経済が不安定な状況が続いた。多額の賠償金に加えて、フリードリヒ工業地帯をライラット王国に占領された事件を契機に、大きなインフレも発生した。為替は常に落ち着かない。多くの工場が閉鎖し、職を失った労働者による暴動も頻発する」

紅蜂が視線を微《かす》かに右に動かした。

邸宅を取り囲むレンガの壁には、一枚のポスターが貼られていた。『誇り高き帝国民に光あれ!』というスローガンが真っ赤な文字で記されている。

「結果、この国の大改革を望むような急進的な政党が躍進したわけだが——」

ポスターを見た紅蜂の表情には、陰りが窺えた。

「——政治は街頭での暴力に変化した」

声音は淡々としているが、瞳には憤《いきどお》りが滲《にじ》んでいる。

「行進、集会、そして抗争。街で対立する党員同士が示威行動を繰り返し、傷害事件が頻発した。同じ国民同士にもかかわらず互いに傷つけあっている。政策よりもパフォーマンスが重視され、肝心の議会は空転を繰り返している」

知っている事実なので意外には思わない。

国家全体が熱に浮かされたように政治に白熱している。各政党は政治集会を催し、参加者から寄付金を募り、党員を増やしていく。集会後に党員は街で行進を始め、党旗や党歌を示し、自分たちの正当性を主張する。

無許可の行進を取り締まる警察や他政党と抗争が始まることも珍しくない。

クラウスは「気の毒だな」と口にした。

紅蜂は癪《しゃく》に障《さわ》ったようで眉が動いた。

「――ディン共和国のスパイが裏で糸を引いている。違うか？」

声に混じる、微かなトゲ。

初めて彼から強い感情を引き出せたようだ。

「なんのことだか分からないな」

クラウスはしらを切った。

「他国のスパイの活動かもしれない。ムザイア、フェンド、ライラット、ビュマル、あらゆる国が帝国を警戒している。侵略戦争を仕掛け、大戦を引き起こした国をな」

無論ディン共和国も関わっている。

どころか中心と言っても過言ではない。帝国と隣国であり、優れたスパイを輩出するディン共和国は帝国を監視下に置くことで、他国からの経済支援に繋《つな》げている。

過激な政党を支援し、政治を混乱させる工作も仕掛けている。

だが、それを批難される謂《いわ》れはない。

「他国を攻撃するより、国内で殴り合っていた方が幾分マシだろう」

かつて国土を侵略され、十万人を超える死者が出た痛みを忘れない。

砲撃で荒廃した街に立ち尽くしていた記憶は、クラウスの脳裏に強く残っている。

「…………っ」

紅蜂が射貫《いぬ》くような視線を向けてくる。

握り締められた彼の拳を観察し、クラウスは挑発を続けた。

「なぜお前が憤る？」

「…………怒って何が悪い⁉」

「お前は、ガルガド帝国の人間じゃないんだろう？」

「―――――‼」

紅蜂の目が大きく開かれた。

が、それも一瞬のことで、諦めを受け入れるような笑みに切り替わる。

「……やはり気づいていたか。そうだな、素顔を晒《さら》しているのだから――」

「出会う前から予想はしていた」

紅蜂が息を呑《の》む。

「予想だと？」

「なんとなくだ」

が、こんな答えでは納得するはずもないので、しばし悩んで言語化する。

「……『蛇《へび》』は元々ガルガド帝国の諜報《ちょうほう》機関とは独立した組織だった。加えて《暁闇《ノスタルジア・》計画《プロジェクト》》はムザイア、フェンド、ライラットの首脳たちが関わっていると把握している。いち早く知った者が《蛇》を立ち上げたというなら、まず三国の関係者と推測するさ」

仮に『蛇』が帝国の諜報機関と密接な繋がりがあるなら、苦労しなかった。帝国に忍び込み、工作員を順番に尋問していけばいい。クラウスならば簡単に辿り着けた。

帝国側のスパイチームでありながら、帝国とは独立して動いている。

それが『蛇』が厄介な所以《ゆえん》だった。

「《暁闇計画》は倫理に反する、大罪だ」

あくまで予想でしかないが、確信はある。

「その禁忌性ゆえに時に裏切り者を出してしまう。関係者はそれを懸念《けねん》しているため、安易に広めず、徹底的に機密保持する——そんなところだろう」

フェロニカとギードが、部下や上層部に報告せず対立した理由が他に考えられない。

まるでスパイを破滅に追い込む悪魔のような計画。

知った者は「邪の道を進み禁忌を成すか」「世界に背き禁忌を阻《はば》むか」を迫られる。

大半のスパイは前者を選択するが、時に後者を選ぶ者が現れる。そして仲間を裏切って命を失う。スパイが政治的判断をすべきではないが、感情を殺し切れない時はある。

「お前は《暁闇計画》初の裏切り者だ」

「まさか。そこまで……」

紅蜂の声が震えている。

既にクラウスの予想を認めているようだが、クラウスは言葉を続けた。

「重ねて言えば、フェンド連邦の人間ではない。『翠蝶《みどりちょう》』の加入時期が遅すぎる。彼女と接触した僕の部下が加入時期を推測している」

モニカは一時期『蛇』に付き、『翠蝶』と名乗る少女と行動を共にしていた。当時翠蝶が『蛇』に寝返ったのは最近であることを仄《ほの》めかしていたという。

仮に紅蜂がフェンド連邦出身ならば、『翠蝶』をもっと早くから引き込めたはずだ。

『蛇』の出所を考えた時、まずフェンド連邦は否定された。

「合衆国でもないんだろう？」

「何を根拠に？」

「滞在していたと先ほど告げたはずだ」

少女たちが王国で任務をこなしている間、クラウスは合衆国を訪れていた。諜報機関『ＪＪＪ《トリプル・ジャック》』の構成員と情報交換を行いつつ、時に副大臣クラスの人間とも接触した。《暁闇計画》の全貌こそ掴《つか》めなかったが、数々の情報を掴み工作を成功させた。

「この一年でお前たち『蛇』の調査など粗方済んでいるんだよ」

ゆえにハッキリと言い渡す。

いつまでも自身が優位に立てると思うな、と。

『焔《ほむら》』が壊滅してから二年以上が経過した。最初は任務と部下の指導に追われていたが、仲間が成長するにつれて、自身が動ける時間が得られた。

「――ライラット王国の王族が、なぜ帝国に肩入れする？」

元々怪しかった。《暁闇計画》が生まれ、そしてディン共和国同様、ガルガド帝国に隣接する大国。この目で顔を見るまで確信は得られなかったが、今はハッキリと分かる。

王族フェルディナン＝シャルル――それが紅蜂《べにばち》を名乗る男の正体。

先代ブノワ国王の又甥《またおい》、現国王クレマン三世の甥にあたる。世界大戦から五年後、ブノワはガルガド帝国と友好関係を表明するために、甥であるクレマン三世の弟グレゴワール＝シャルルを帝国に派遣した。ライラット王国が帝国の工業地帯を占領した直後であり、友好とは名ばかりの植民地に行うような示威的な王族の移住は、国際社会からも批難された。

紅蜂ことフェルディナンはグレゴワール＝シャルルの三男。

歳《とし》までは覚えていないが、まだ成人はしていないだろう。

「…………………………」

紅蜂は返答しなかった。

無言で足を進めている。駅まで辿り着きそうになったところで、彼は顔を覆うようにスカーフを巻いた。目立ちたくはないようだ。

赤レンガで建てられた、帝国では中規模の駅。

商店が立ち並ぶ駅前は、妙に殺気立っている。赤色のシャツを纏《まと》った男たちが集い、時折「帝国万歳っ！」と声を荒らげ、大きな旗を振っている。三十人以上だ。

やがて彼らは行進するように足並みをそろえ、大股で駅舎に入っていく。

紅蜂は小さく「……始まった」と口にした。

駅のホームに赤いディーゼル機関車が入ってくる。赤シャツの男たちの目的はこのディーゼル機関車のようだ。

機関車が停《と》まった瞬間、怒号が轟《とどろ》いた。

駅前に立つクラウスからもホームの様子はよく見えた。

——乱闘。

やってきた機関車の客車にいた緑のシャツを纏った男たちに、赤シャツの男たちが殴りかかっている。旗や警棒で殴り、ポケットに忍ばせた石を投げ込む。緑シャツの男たちも「くそったれ共っ！」と罵り、彼らに石を投げ返した。

銃声が響いた。

無関係の市民たちが慌てふためいて、駅舎から飛び出てくる。

「たまたま二つの政党の集会が重なった。抗争の勃発は目に見えていた」

赤シャツを纏うのがオッブルク党、緑シャツを纏うのがレゲンス党のはずだ。

「不況が加速すれば、抜本的な改革を訴える政党が蔓延《はびこ》るな。既存の資本主義社会の打破を訴える極左のオッブルク党。そして、特定の人種に対する差別的パフォーマンスで注目を集め第三党まで躍進した極右のレゲンス党だ——どちらも帝国の民たちの悲鳴だ」

優秀な政治屋は気付いてしまった。『理性に説くより、本能に訴えかけた方が人は動く』

帝国の政治はパフォーマンス合戦に堕《お》ちた。党旗をはためかせ、制服を纏い、対立政党を暴力で威圧する。乱闘も辞さない。事件が新聞で取り上げられれば宣伝になる。

「…………」

互いに罵声を浴びせ、警棒で殴り合うガルガド帝国の国民たち。

クラウスたちが行っている内部工作の成果であるが、虚《むな》しい気持ちには駆られる。

「……いけないことだろうか？」

紅蜂が声を漏らした。

「大伯父上《おおおじ》がどんな意図で父上と我を帝国に移住させたかなど関係ない。我らは王国と帝国の架け橋にならんと、この国で暮らした」

殴り合う党員たちに哀《かな》し気な視線を向けている。

「時には冷たく対応されたが、真の友好を信じ、我々親子を温かく迎え入れてくれる者も多くいた……帝国民の差別を王政府が奨励する我が国とは違ったのだ」

「…………」

「そんな折に、彼らの厚意を裏切るような恐るべき計画を知ったとしたら？」

だから彼は王政府を裏切る決断をした。

情報の出所は、彼の父か。伯父であるブノワ国王から計画を聞かされ、耐え切れず息子に明かしたか。そして彼は帝国側につくことに決めた。

冷たく対応された、と表現したが、実際、そんな言葉では表現しきれないだろう。護衛の目を掻《か》い潜《くぐ》り、帝国民から暴力に晒されることは日常茶飯事だったと聞く。

捻《ね》じれたような声は、喉でも傷つけられたのだろうか。

「我らはある男を頼った。彼は言った。『帝国を救える人はアナタしかいない。アナタが見捨てた瞬間、アナタは人類史上最悪の罪人に堕ちる』と――その通りだと感じたよ」

紅蜂は苦し気に訴え続ける。

「ゆえに我が止めるしかなかった。たとえ世界の全てを敵に回してでも――」

「なら、まずこの抗争を止めろ」

クラウスは彼の話を遮る。

必死の訴えは認めるが、耳を貸すほどの内容ではなかった。彼の感情に興味はない。

「愛すべき帝国の民が殴り合っているぞ。なぜ止めない？」

ホームでは五十名以上の人間が尚《なお》、殴り合いを続けている。

警察官が数名慌てて駆けつけたようだが、収拾がつきそうにない。

「感情を吐き出すだけなら赤子でもできる」

クラウスは短く言った。

「早く止めろ。お前は口だけか？」

「………っ」と紅蜂の顔が赤く染まった。

が、動く気配はない。

悔しそうにクラウスを睨《にら》みつけ、震えるだけだった。

「『銀蟬《ぎんぜみ》』を呼んで病死させるか？」

紅蜂が目を見開いた。

かつてクラウスが殺したというスパイだ。名は『白蜘蛛《しろぐも》』に教わった。

「『紫蟻《むらさきあり》』に拷問させ支配するか？　『翠蝶』を呼んで公権力で社会的に抹殺するか？『黒蟷螂《くろかまきり》』で駅ごと破壊するか？　『白蜘蛛』に任せて仲間同士で殺し合わせるか？」

「一体なにが……」

「お前たちが実際にしてきた凶行だ」

どんな崇高な理念があろうと、あらゆる手段が正当化されるわけではない。

『弱い俺たちは何をしたって許される』――かつて『白蜘蛛』が語った言葉だが、そんなものを認めるわけにはいかない。正義は凶行の免罪符ではない。

紅蜂は呆然《ぼうぜん》と固まっていた。魂が抜かれたように唖然《あぜん》としている。

むしろクラウスの方が驚いた。

待ってくれ、と気の抜けた声が出かける。

「まさか――何も知らないのか？」

紅蜂は掠《かす》れた声で「……あぁ」とだけ漏らした。先ほどまでの威厳はなく、あまりに弱々しい声音。が、事の重大さを理解したのか顔は青ざめている。

ぼんやりと抱いていた嫌な予感を今はハッキリと認識する。

彼は利用されたに過ぎないのだ。他の諜報《ちょうほう》機関からスパイを身内に引き込むための権威付けのために、ボスとして据えられただけ。

――『蛇《へび》』は王族の名声を利用し、勢力拡大を行ったスパイチーム。

だが、その実質的な指揮に王族はまるで関わっていない。

クラウスは彼から視線を外し、一歩前に進んでいた。

「…………哀れな男だ」

余計な言葉は不要だと感じた。

まだ駅では暴動が続いている。己の優位性を示すためだけのパフォーマンスじみた暴力。相手を萎縮させ、黙らせてしまえばいいという無為な闘争。党旗と警棒を相手の頭めがけて振り下ろし、拳大ほどの石を敵の顔面に投げつける。

「なら見ておくといい」

五十人以上の暴徒の中に、クラウスは躊躇《ちゅうちょ》することなく入っていく。

「――綺麗事《きれいごと》の方便など差し込む余地のない、世界最強の暴力を」

◇◇◇

翌朝「ジャルティン東駅乱闘事件」として報道される騒動はすぐに収束した。

両陣営に多数の怪我人《けがにん》を出した政治闘争だったが、一人として死者は出なかった。

地元警察がまるで対応できなかった抗争は、一人の男がホームに飛び込んだ直後に鎮静化した。現場を見た警察は「夢を見ているようだった」とコメントした。「黒い影が蠢《うごめ》いて、次々と暴徒が気絶した」と。乱闘に参加していた双方の党員たちは運び込まれた病院で「気づけば気を失っていた」と語る。

五十人以上の暴徒がたった一人の男に鎮圧された。

彼に助けられたというレゲンス党の幹部は、唯一その男の顔を見ていた。彼が介入しなければ、銃弾で殺されていたという。「命の恩人だ」と強く語る。

レゲンス党ではしばらくの間、その男は何者なのか、という議論で持ち切りになった。

◇◇◇

駅から離れたクラウスはすぐに人混みに紛れ、警察や党員たちの目から逃れた。

駅前は応援として駆けつけた警察や記者、野次馬でひしめき合っている。乱闘事件は国民の間で話題になるだろう。ある者は暴力に眉《ひそ》を顰め、ある者はその熱意に胸を打たれる。暴力の政治パフォーマンスが加速し続ける。

——帝国がどのような末路を辿《たど》るかは想像に難《かた》くない。

より急進的で、より暴力的な政党が国民の支持を得るだろう。

それが隣国であるディン共和国にどのような影響を与えるのかと想像をする。

雑踏の中に紅蜂が待機していた。スカーフで顔を隠していると少女のように見える。忙しなく道を通り過ぎる人々も、まさかライラット王国の王族がいるとは思わないだろう。

彼の目は虚《うつ》ろでどこを見ているのか、判別できなかった。

紅蜂《べにばち》は「………任せていたのだ」と唇を噛《か》んだ。

「あの者たちが具体的に何を行っていたのか、把握していなかった。我は『説得などの働きかけによって各国の諜報機関から寝返らせる』と」

「そんな都合のいい真似《まね》ができるとでも？」

「……この目で見て分かったよ。我の部下は卑劣な手段を辞さなかったのだな」

風でかき消されるギリギリの掠れた声。

「――其方《そなた》のような強者を制するために」

そうだ、とクラウスは短く肯定するが、息苦しさを覚える。

『蛇』というスパイチームはこの少年から始まった。秘密を得ただけの少年が、他人の力を借り、世界中の諜報機関を脅《おびや》かす組織を作り上げてしまった。

「お前はハリボテだ」

端的に告げる。

「ただボスの座にいただけ。スパイとしての駆け引きもできず、なんの能力もない」

「………」

「お前はどうせ《暁闇計画《ノスタルジア・プロジェクト》》の最新の情報まで把握していない」

どこかの諜報機関に所属し、計画に関わっているわけではない。

計画ができた当初から既に何年も経過している。計画が今どれほど進んでいるのか、紅蜂は知らないはずだ。

「…………交渉のテーブルにさえつけないか」

諦めたように紅蜂が長い息を吐いた。

元々は《暁闇計画》の情報と引き換えに、何か頼み込もうとしていたようだ。

目論見《もくろみ》が甘い少年を、今一度、クラウスは観察する。

『蛇』というチームができた時、彼は一体何歳だったのだろうか。

能力こそ高いとは言えないが、家柄、高い理想とそれを実行に移す行動力。

なにより――運命を呪うような不気味な覚悟を宿した瞳。

利用価値がある。利用価値があるがゆえに何者かに利用されたのか。

必要に迫られれば、彼はあらゆるメディアに働きかけ《暁闇計画》の存在を暴露できる。

ライラット王国の王族の言葉を、世界が無視できるはずがない。

彼そのものが強力な爆弾。

「…………誰なんだ？」

衝《つ》き動かされるがままに尋ねていた。

込み上げてくる嫌な予感が尽きなかった。

「寄生虫のようなフィクサーだ。無知な者を利用し操り、責任を押し付ける下劣な輩《やから》だ」

「寄生虫、とはよく言ったものだな。そうか、我は宿主だったのか」

「どこにいる？」

その者こそが『蛇』を動かしていたといっても過言ではないはずだ。年端《としは》の行かない王族の少年を中心に据え、肝心なことは知らせずに利用した外道。

この存在が紅蜂と出会わなければ、世界の命運は大きく変わっていた。


「──分からぬ」


紅蜂の答えは、予想を超えていた。

すまなそうに彼はクラウスを見つめ返している。

「……どういうことだ？」

「袂《たもと》を分かったのだよ、共に『蛇』を作り上げた相棒と。我は『蛇』の敗北を認め、其方に縋《すが》ることを提案した。これ以上、部下の命を失うのは耐えられない」

「だからお前は……」

「だが、あの男は反対した。我は切り捨てられてしまったよ」

まだ『蛇』の一人が積極的に動こうとしている事実に身が震える。この一年の間は大人しかったが、世界のどこかに悪夢をもたらす者がまだ蠢いていた。

紅蜂が口を開いた。

「その男は今、新たな宿主の元にいる」

NEXT MISSION

美術館前広場での事件は、大きな動乱を王国にもたらしていた。

──王国の救世主『ニケ』の限界。

全身から出血が見られたニケの写真は、国民に衝撃をもたらした。事件翌日には国立病院や官庁に市民が押しかけ、ニケの容態を心配する声で溢《あふ》れた。新聞はニケを追い詰めるガルガド帝国を批難し、地下秘密結社は『義勇の騎士団』が撒《ま》いたビラに同調し、己の権力を守るためにニケを酷使する国王を批難した。

ガルガド帝国を憎悪《ぞうお》する国民にとって、ニケは神に等しい存在。

彼女の人気は、二年前に即位したクレマン三世を遥《はる》かに上回る。

「新たな内閣の設立を!」と演説を行う者がいた。無許可の演説は、すぐに警察に取り締まられた。ニケを擁護する者を王政府が拘束する構図は、聴衆の怒りを一層駆り立てた。

クレマン三世はニケに「至急、国民に説明を」と強く求めたという。

しかし、ニケは怪我《けが》を理由に拒否した。

このクレマン三世とニケの対立は、側近の口から新聞社に漏れ、これまで王政府を擁護していた大手新聞社さえも翌朝の朝刊で取り上げた。

事件から二日が経過し、国民の中で国王に対する怒りが沸き立っている。

◇◇◇

「……どうしたものかね」

拠点である尖塔《せんとう》でニケは考えあぐねていた。

椅子のような存在に腰を下ろし、ぼんやりと空を見上げる。

『灯《ともしび》』の手法は見事だが、ニケ個人が追い詰められているわけではない。ニケに対する絶大な支持は衰えていない。いっそクレマン三世を政府から追い出し、新たな国王を即位させる手もある。ニケはそのまま権力を維持できるかもしれない。

が――それは逃げであり最悪の手段だ。

スパイに屈し、安易に国王を代えるなど下策も下策。二年前の屈辱は繰り返せない。

ならばニケ自ら国民に説明し、王政府を擁護するべきか。だが、もし革命を止められなかった場合、クレマン三世と共倒れのリスクがある。自らのために動いてくれる国民が愛想を尽くし、権力に固執する者として国王と一括《ひとくく》りにされかねない。

どう動くかを判断する、決定的な情報がまだ欠けている。

「そろそろ国中の秘密結社が一斉に動くはずだ。数日中に暴動が起きるだろうね」

「ニケ様………」

ニケの尻に敷かれて、全裸で床に屈しているタナトスが不安げに声を漏らす。なぜ彼が全裸なのかはニケにも分からない。指示をしたのかも忘れた。

「……ぼくがなんとかします………」

「ん？」

「ニケ様は治療に専念してください……ぼくが……ニケ様の弟子であるぼくが、アイツらを仕留める……秘密結社の人間どもを皆殺しに──うげっ！」

ニケは踵《かかと》を使って、タナトスの尻を蹴り飛ばした。

「余計な真似はしなくていい。オレは楽しんでいるんだから」

「ん……っ……え？」

ニケは椅子の体勢を崩さないタナトスの後頭部から背中にかけて指先で撫《な》でる。いつになく甘い声をあげて震える部下の肌に時に爪を立て、優しく弄《いじ》る。

「とにかく、これで『ＬＷＳ劇団《ラヴィス》』は派手に動かざるを得ない。もう隠れさせないさ。となれば、オレがずっと追っているあの男と決着を付けられるだろう」

モニカとティアは結局、見抜けなかった——ニケが『ＬＷＳ劇団』に固執する理由。

蕩《とろ》けて体勢が崩れ始めるタナトスに愛おしく触れ続けながら、ほくそ笑む。

「『ＬＷＳ劇団』には、世界に悪影響しか与えない男がいるってのによ」

その男を仕留めることこそが、ニケがあの結社を追い続けた理由。

国王の要求など、どうでもいい。

裏で糸を引いているのは、この男だ。二年間『ＬＷＳ劇団』を匿《かくま》い続けた狡猾《こうかつ》な者。どうせ『灯』と『ＬＷＳ劇団』を結び付けたのも彼だろう。思えばビラの印刷はスムーズすぎた。『義勇の騎士団』は印刷所の手配に苦慮していたはず。あの男の功績か。自身は潜み続けてリスクは取らず、使える輩を見つけては支援する——彼らしいゲスな手法。

——あの男がいる限り革命は必ず失敗する。

ゆえにニケは見極めなければならない。

あの男が作り出す、混沌《こんとん》とした革命の動向を。

◇◇◇

エルナたちは元々いた地下墓地から離れ、また別の地下墓地に拠点を移した。

モニカには「捕まった際、正直に情報を吐くこと」と事前に言い渡してある。

新たな地下墓地でエルナたちは革命の準備を整えていた。他の秘密結社と結託するため、具体的な日時を伏せた暗号入りの手紙を出していた。ジビアは国王親衛隊の根回しを始めている。ウディノ中佐と連携しているようだ。

ベッドの上でエルナは、自身の手を閉じ開きしていた。

大量の無線機を抱えて、アネットが部屋に入ってくる。

「エルナちゃん、震えは止まりましたかっ？」

「うん、お姉ちゃんたちのおかげ」

もう身体《からだ》が竦《すく》むことはない。

美術館前でニケと相対した時は恐怖で気を失いかけたが、今は怯《おび》えが消えていた。

「あんなカッコイイモニカお姉ちゃんを見て、閉じこもっているわけにはいかないの」

モニカの闘いは、エルナの心を侵食していたニケの恐怖を取り除いてくれた。

みっともなく震えるだけの時間はもう要らない。今度はエルナの成長を見せる番。

「──革命を実行する。エルナたちは王政府を転覆させる」

一年間以上の任務に終止符を打つ。

捕らえられている仲間がいる以上、これ以上先延ばしはできない。たった今、モニカやサラがどんな目に遭っているかなど想像もしたくない。

アネットは「どんちゃん騒ぎ、楽しそうですっ」と無線機を豪快にベッドへ投げた。

革命とパーティーを混同している気もするが、それも彼女か。

「アネット」

エルナは楽し気に鼻歌を歌う仲間を見た。

「任務の前に、やっぱりもう一度言うの」

「ん…………?」

「──お前は、エルナとなら一緒に幸せになれる」

ベルトラム炭鉱群での任務直後の会話の続きだ。

きょとんと固まる彼女の手を握り、エルナは言葉を続けた。

「革命が終わった時、この国に溢れている笑顔を見届けてほしい。お前は頭がおかしくて、人殺しで、共感性が薄くて、人とは幸せの基準が違っていても──」

手にぐっと力を込めた。

「──エルナやサラお姉ちゃんと過ごす日々は、きっと悪くない」

「…………………………………………」

戻ってきたのは、長く重苦しい沈黙だった。

かつて見た、暗い穴のような瞳で見つめ返される。やはりそこには、どんな感情も感じられない。まるで理解できない他者。

返答は待たなかった。

「考えておいてほしい」と一方的に伝え、アネットから離れた。

仮眠スペースから出ると、すぐに作戦本部に到達する。以前の地下墓地ほど広くないのだ。小さなテーブルと二つの椅子以上は置けない空間だ。

そこでは、ティアとスージーが顔を突き合わせ、眉間に皺《しわ》を寄せていた。

「分からないわ……」

ティアが悩まし気な表情で顔をしかめている。

何か不測の事態でもあるのか、と近づくと、ティアは「エルナ」と笑いかけ微《かす》かに俯《うつむ》いた。

「今スージーさんの話を聞いているんだけど、どうしても不安が……」

「不安？」

「判明しないのよ」

ティアは掌《てのひら》を上に向け、目を眇《すが》める。

「ルーカスさんたちが、革命に失敗した理由」

ティアの正面では、スージーがすまなそうに肩を縮こませている。

そういえば、と両眉をあげる。前団長が殺された経緯は、スージーも把握していないのだ。訳が分からないまま彼女は団長になり、結社を維持しているだけ。

――『ＬＷＳ劇団』の初代団長ルーカスと副団長ヴィレ。クラウスの兄貴分。

二人の遺体は、クラウスが確認している。二人とも半身が焼けていたという。

――一体誰になぜ殺された？

ティアが考え込むように自身の口元を触る。

「彼らは王政府を追い詰めていた。ニケと渡り合って、国王を退位させるまでに至った。なのに、どうして殺されているの？」

ニケが殺したのでは、と単純に考えたが、咄嗟《とっさ》に違うと認識する。

彼女が直接手を下したのならば、得物は槌《つち》だ。遺体の損傷とは違い過ぎる。

そもそも『焰《ほむら》』のメンバーを殺したとされるのは――。

「……その不安がどうしても消えてくれないのよ」

苦々しく呟《つぶや》くティアの前で、スージーが泣きそうな顔で唇を噛《か》んでいる。

その悲痛な面持ちは、まるで当時を昨日のことのように思い出しているようだった。

◆◆◆　双子の話Ⅲ　◆◆◆

かつてライラット王国で暗躍した双子は、革命の準備を進めていた。

『煤煙《ばいえん》』のルーカスと『灼骨《しゃっこつ》』のヴィレの天才的手腕は、政界を意のままに操っていた。

◇◇◇

ピルカ六区に借りた邸宅で、スージーは華やかなドレスを身に纏《まと》っている。

「おほほ、スージーですわ～。『LWS劇団』のお姫様ですのぉ～」

当時十二歳。硬いコルセットを身につけたことで背筋がピンと伸び、カスタード色の薄手のスカートが腰からつま先まで広がっている。彼女はそのドレスの端を摑《つか》み、おほほ、と口元に手を当て、ソファの上に立ち、ご機嫌に笑う。

スージーの目の前で、ルーカスが深く頷《うなず》いていた。

「だんだん様になってきたな、オレたちのお姫様も」

「兄さんの目って節穴？」

すかさず嫌味で返すヴィレ。

二人がライラット王国で暗躍を始めて、半年以上が経過したところだ。所属元である『焔』の任務を爆速で果たし、すぐ王国に戻り『ＬＷＳ劇団』の運営に励んでいた。革命を成すために手段を選ばない。上流階級の懐《ふところ》に潜り込み、彼らに貸しを作って多大な支援を受け、邸宅の一つを使わせてもらうことにも成功している。

とある資本家の邸宅だ。こっそり一階の物置の床を壊し、地下墓地を見つけ、勝手に広げているのは、彼らだけの秘密。

革張りのソファに身体を沈めているのが団長、『煤煙』のルーカス。ディン共和国スパイチーム『焔』の一員であり、次代のボスを担《にな》うとされている男。絹糸のように美しい金《きん》髪《ぱつ》を真ん中分けにして大きく額を晒《さら》し、愛嬌《あいきょう》のある顔をしている。

そして、彼と瓜二つ《うりふた》の容姿で窓辺に立っているのが『灼骨』のヴィレ。呆《あき》れた面持ちで双子の兄であるルーカスに白い目を向けている。

「いいんだよ、それっぽくなれば」

ルーカスは、スージーの肩を叩《たた》いた。

「民衆を動かすのに、視覚的なシンボルは大事だぜ？　そのための勝負ドレスだ！」

「ふふーん、任せてほしいですわぁ！　……え、もしかしてお高い？」

「お高い、お高い。オーダーメイドだからな。競馬で全財産失いかけ、ようやく買えた」

「おほほー！　頑張りますわ～！」

「ぼくらのお姫様がどんどん変な方向に……」

さっきから『おほほ』一辺倒のスージーに、ヴィレが頭を押さえる。「普段は普通の口調でいいから」と伝え、スージーに「えー」と不服を訴えられる。

「いいじゃん。ちょっとしたお祝いだよ」

ルーカスが得意げに笑った。

「——目論見《もくろみ》通り、王党派は選挙で敗北したからな」

中央選挙の結果が出た翌日だった。

ライラット王国の中央議会の下院、代議院議員選挙。国王を崇《あが》める王党派、憲法を尊重した王政を支持する純理派、そして王政府の権力の縮小を求める自由派の三つで成り立っていた政治は、今回の選挙で大きく変容していた。

元々は王党派と純理派が結託し、盤石《ばんじゃく》な王政府を築き上げてきたが、ルーカスが純理派議員を罠《わな》にかけたことで王党派は増長し暴走。瞬《また》く間に王党派は孤立した。結果、内閣不信任案が提出され、代議院議員選挙が行われた。

選挙結果は、王党派の惨敗《ざんぱい》。純理派と自由派が大きく票を伸ばすことに成功する。

無論選挙には、ルーカスたちが関わっていた。

「やっぱ選挙権を制限すんのって問題だよなぁ。コントロールしやすくて済むぜ」

「悪役のそれね」

にやつくルーカスに、スージーが笑いかける。

ルーカスは王党派を支援する姿勢は崩さず、彼らを増長させ続けた。選挙期間中も王党派議員と選挙人が交流する場を設け、王党派議員による選挙人の買収を支援した。後日なぜかその買収の事実が新聞で報道されるのだがルーカスは素知らぬ顔で通した。

数々のスキャンダルが選挙期間中に流れ、王党派は惨敗。

これまで王政府を応援していたメディアが、純理派議員に加担した。利権を貪り、王政府の腐敗を見逃す彼らではあるが、国王のみに富が集中するのは許さない。

――上流階級同士の潰し合い。

ゲームのように派閥が分かれた政界は、ルーカスの独壇場だ。誰を操り、誰を陥《おとしい》れ、誰を飼い慣らすか。抜群のセンスで流れを掌握した。

「これで政治は良い方向に変わるかな」

にこやかに語るスージーに、ルーカスが「変わらねぇよ」と冷たく吐き捨てる。

「え？」

「一度手に入れた権力は手放せない。そうじゃなきゃ腐敗政治やってねぇって」

「でも王党派は選挙で負けたんでしょ？」

「しがみつく。これまで王党派を応援したオレたち『ＬＷＳ《ラヴィス》劇団』を一層、頼る」

あー、とスージーは目を丸くする。

『ＬＷＳ劇団』は王党派を支援する秘密結社という姿勢を崩していない。

既に『ＬＷＳ劇団』の名声は、議員の間で広まっているようだ。王党派のために暗躍をしてくれる、天才の双子たち。頼れば頼るほど、身を滅ぼすとは知らずに。

「悪魔みたいね！」とスージー。

「我が兄ながら、嵌《は》め方がえげつない」とヴィレ。

「褒めてもなんも出ねぇぞ」とルーカス。

三人が呑気《のんき》に談笑していると、邸宅に一人の男が駆け込んできた。「団長、副団長、お姫様」と丁寧に一人一人の名を呼ぶ。

「アルチュールさん」とルーカスが手を挙げた。

四十半ばの小太りの男性はビール腹を揺らし、急いでやってきた。流れる汗をハンカチで拭い、早口で報告してくれる。

「王党派議員に動きがあったようです。ブノワ国王は、この度の選挙結果は違法だ、と主張して再選挙を行うよう要請する模様です」

「暴走が止まんねぇな、王党派」

「加えて『LWS劇団』の噂《うわさ》を聞き、ぜひ秘密裏に話を伺いたい、と」

「とうとうオレらの名声が国王まで届いたか。すぐ準備だな」

報告を終えたアルチュールは「やりましたね」と手をぐっと握っている。歓喜に身を震わせ、大きな腹が一層揺れる。

スージーが微笑《ほほえ》みかけた。

「アルチュールさんって凄《すご》いのね。議員に何人も知り合いがいるんだ」

「しがない宝石商ですよ……団長や副団長には敵《かな》いませんて」

恥ずかしそうに頭の後ろを掻《か》くアルチュール。

彼は王国の政界にも顔が広く『ＬＷＳ劇団』と議員の窓口を任せている。社交界に頻繁に出入りする男をルーカスが見つけ、引き入れたのだ。

「うん」ヴィレは頷く。「頼りにしているよ、アルチュールさん」

現在『ＬＷＳ劇団』はこの四人を中心に回り、多くの協力者を得ることに成功している。政治の話よりもトランプで盛り上がる時間の方が多い、市民サークルみたいな集まりだが、徐々に活動の幅を広げられていた。

ルーカスは早速クローゼットから服を取り出し「どれがウケるかな」と鼻歌を歌っている。最終的に星形のサングラスを摑んだところで「いや」と手を止めた。

「国王は後回しだ」

「んー？　どうしたのー？」

「そろそろタイムリミットだ。下痢とでも王様には説明しといてくれ」

ルーカスは、サングラスの縁に指をかけ、くるくると器用に回した。

「ここの守り神がブチ切れてる」

邸宅の窓からは、ピルカ中央に堂々と建つ塔の様子が目に映った。

塔の最上階から赤い光が漏れている。まるで誰かに「早く来い」と訴えるように。

全員の姿を晒す必要はないだろうと、ルーカス一人で塔に向かった。

タナトスという陰気な男に出迎えられ、エレベーターで塔の最上階に上がっていく。そこがとある女性の職場である事実は、当然把握していた。

「よぉ、ニケさん！　お久しぶ――」

「――死に晒せ」

エレベーターの扉が開いた途端、ニケが問答無用で槌《つち》を振り下ろしてきた。顔の横を超スピードで通過するハンマー。まるで反応できない。風圧だけで、かけていた星形のサングラスにヒビが入る。

当てる気はなかったようだが、殺意に似た怒りは伝わってくる。

ルーカスはサングラスを外し、タナトスに投げ渡した。

「今やオレは国王のお気に入りだぜ？　反逆罪に問われない？」

「見逃してきたのはオレの温情だ。中央議会から老害を追い出してくれて、どうも」

「なんたる暴言。オレは王党派議員のファンなのに」

「利用しやすい駒への好意だろ」

ニケは床にめり込んだ槌を持ち上げ、タナトスに下がるよう命じた。

元々の顔見知りではある。親しくはないが、帝国の監視のために何度か連携してきた。

手荒い歓待に文句を漏らしつつ、ルーカスは槌の衝撃で転がった椅子を起こして、座り込む。「お茶は？」と尋ねたが、ニケに黙殺される。

ニケはルーカスの正面に立った。

「今すぐ国外に退去しろ。今なら見送りくらいしてやる」

「いやいや、ニケさんはお願いする立場でしょ？」

「貴様は一体なにがしたいんだ？」

「ブノワ国王、もう暴走するだけだろ？　そろそろ国民が黙っちゃいない」

ルーカスは手を振り、挑発的に口元を歪《ゆが》めてみせた。

「オレたち『ＬＷＳ劇団』は革命を煽動《せんどう》する」

ニケは覚悟していたように腕を組み、無言を貫いている。当然『ＬＷＳ劇団』がただ王党派を支援しているわけではないと気づいているようだ。

「それを今、明かすということは――」

苛立《いらだ》ちが籠った声で伝えてくる。

「――貴様にとって王政府など人質でしかないんだな」

「《暁闇計画《ノスタルジア・プロジェクト》》、ニケさんとこの首相が考えたんだろ？」

微《かす》かにニケの眉が動くのを見逃さず、ルーカスは言葉を続けた。

「破棄しちまえよ。それで手を引いてやる」

椅子の背もたれに腕をかけた。

「なんかさぁ、『焔《ほむら》』がキナ臭くなってんだわ。ボスとギードさんはギクシャクしているし、詳細は教えてくれねぇし、クラウスはどっかに派遣されるしよぉ」

「…………だろうな」

「内容だけでも教えてくれない？　大サービス。弟を帰国させる」

「ふざけた男だな。脅しだけで国家機密を手に入れようとは」

「全員、幸せじゃん。ニケさんは、耄碌《もうろく》した王党派を中央議会から追い出せた。国民は老害が消えて、多少は生活がマシになる。情報を握れてオレもハッピー」

人差し指を立てて、交渉を始める。

計画の破棄を提案したのは、最初に吹っ掛けるという交渉の基本に従ったに過ぎない。最悪、計画を知れればいいと思っている。実際に革命を起こせば、無駄な血が流れる。

計画を明かすだけで、王政府は守られる——ニケにとって悪くないはずだ。

「――《アナタの役目は、計画を成就《じょうじゅ》させた先にある》」

ニケが口を開いた。まるで他人の言葉を借りたような柔らかな口調。

「あ?」ルーカスが口を開く。

「伝言は以上だ。火遊びをやめて、さっさと国に帰れ」

「………今の伝言。ボスか?」

「どんな人間にも秘密を隠したい相手くらいいる。この伝言に関してはオレも賛成だ」

ニケは握っていた槌を振り、ルーカスの頬のそばで寸止めさせた。

風圧がルーカスの髪を揺らしていく。

「世界中の人間を平等に愛するバランサー。それが貴様の本質だろう?」

あらゆるスパイを震え上がらせる殺気で睨《にら》まれる。

「世界でただ一人、計画に関わってはいけない人物を挙げるなら――ルーカス、貴様だ」

それは誰の言葉だろうか、としばしルーカスは考えた。

怪しまれる可能性は考慮していたが、ボスのフェロニカに先んじて手を打たれていたとは思わなかった。直接伝えればいい言葉を他人に託すあたり挑発的だ。

「第一、貴様は《暁闇計画》を破棄させたところで、革命を諦められるのか?」

「約束は守るタイプだよ」

「有り得ないな。貴様は自身を慕う人間を見捨てられない」

ニケは槌を摑《つか》んだまま、威圧を続ける。

「交渉にもならんな」

「……オレの情報、ボスが漏らしたのか？」

「貴様の存在は双方にとって迷惑だ。黙って己の役目に従え」

ルーカスは頬に触れる距離にある槌を押し、払いのけて立ち上がる。これ以上の対話はできないと諦め「双方、ねぇ」とニケの言葉を繰り返した。

胸の内に生じていたのは、強い苛立ちか。誰に対するものか。

「……ま、勝手にするけどな。一個だけ忠告しとくわ」

「なんだ？」

「もう一人いるよ。計画に関わるべきじゃない奴《やつ》」

誰かまでを明かす気にはなれない。

いずれ彼女もまた知るはずだ。フェロニカやギードの予想さえも超え、全てを変革する男。ニケが気づく頃には手遅れになっているはずだ。

「覚えておけ——最後に勝つのは、兄弟《オレたち》だ」

◇◇◇

《暁闇計画》に対するルーカスの立場は、一言では言い表せない。

成就のために動いたフェロニカやニケ、そして阻止のために動いたギードや『蛇《へび》』のように明確な立場を示さなかった。フェロニカの意志により排除され、いずれフェロニカ側につくと判断されたギードに敵視される。

ある意味では蚊帳《かや》の外。

が、後に彼の行動は世界に大きな意味をもたらすことになる。

◇◇◇

ピルカの街を当てもなく歩き続けるだけの時間が続いた。

国王との密会を先延ばしにし、いくつもの酒場をハシゴした。だが酒場では一滴もアルコールは飲まず、ただの観察に徹した。安酒を惜しみながら飲む、この国の人々。そして、彼らにもあるであろう家族を想像し、ただの水を口に含んだ。

拠点に戻る頃には、深夜になっていた。

既にスージーは眠りについていた。

居間にはアルチュールだけがいて、『LWS《ラヴィス》劇団』の収支を帳簿に書き込んでいる。彼に声をかけ、地下墓地に来るよう指示を出した。一階の物置から地下空間に移動し、ランタンを用いて奥に進む。

アルチュールは不思議そうな顔をしたが、従ってくれた。

「どうでした？　ニケとの会合は」

途中、彼が尋ねてきた。

「決裂した」ルーカスは短く答えた。「オレの存在は、どっち側にも迷惑なんだって」

「どっち側？」

「《暁闇計画》の成就を目指す側と、阻止する側」

広々とした空間に辿《たど》り着いたところで、ルーカスはランタンを突き出た人骨に吊《つ》るす。

「――オレは何がなんでも見つけるからな、第三の道を」

ニケと話した感触で、ルーカスは一つの確信に至っていた。

フェロニカとギードはもはや退《ひ》けない場所まで辿り着いている。急がねばならない。説得などできようもない。迅速に事を成さねば――『焔』は確実に崩壊する。

アルチュールはなにがなんだか分からないと言いたげに眉をひそめた。

「え、えぇと、団長は一体──」

「兄さんはバカだからね」

言葉を遮ったのは、闇の中から歩いてきたヴィレだ。爽やかな笑みで手を振っている。

「振り回される弟の身にもなってほしい」

「副団長……」

アルチュールを挟むような位置に、ルーカスとヴィレは立つ。

狼狽《ろうばい》するアルチュールは大きな腹を弾ませ、誤魔化すような笑みを零《こぼ》している。

「どうしました？　団長と副団長が物々しい顔つきで──」

「「アンタはどっち側だって聞いてんだよ？」」

ルーカスとヴィレの声が重なった。

「「飼ってやってんだ、寄生虫。駆除されたくなきゃ恩義は果たせ」」

拳銃を構えたのは双子同時。まるで鏡合わせのように二人同時に拳銃を取り出し、アルチュールの頭に向かって銃口を突き付ける。

地下墓地まで移動した理由は、一つ――ここならスージーに銃声は聞こえない。

アルチュールの笑みがぴたりと止《や》んだ。

「ほっほーっ！」

奇妙な遠吠《とおぼ》えのような声が地下墓地に響いた。

嘲笑にも喝采にも聞こえる声に、ヴィレは眉をひそめた。この男に渦巻いている本性を見抜いたからだ。これまでも垣間《かいま》見《み》えていたのだが、ここまで醜悪とは。

「やはり、と言うべきか。さすが、『焔』の次代を担《にな》う者たちだ」

アルチュールはにこやかに口にした後に、恭《うやうや》しく頭を下げた。

「――『藍蝗《あいいなご》』と名乗っている。《暁闇計画》の阻止を目指す『蛇』の下っ端だ」

『藍蝗』――それは『煤煙《ばいえん》』と『灼骨《しゃっこつ》』を殺す、『蛇』が差し向けた刺客。

双子を殺した二年後も『ＬＷＳ劇団』に潜み続ける、最悪のフィクサー。

あとがき

11巻のあとがきで語ることではないですが、10巻執筆時のことを語らせてください。

10巻の最後の仕上げに取り組んでいる頃、「次のドラゴンマガジンは特別な短編を書きましょう」という話が持ちあがりました。「ドラゴンマガジンってなんぞや？」という読者様に解説すると、ファンタジア文庫が隔月で発行している雑誌で、たくさんのファンタジア文庫作品の短編が掲載されている素敵なやつです。有難《ありがた》いことに『スパイ教室』も毎号寄稿させてもらっています。

そして、『スパイ教室』のアニメ2nd seasonの公開に合わせ、2023年9月号のドラゴンマガジンの表紙を任せてもらえることに。これは短編も気合を入れるしかない。

竹町「IFとか書きます？　けど、需要ありますかね？」

編集さん「自信を持って」

竹町「IFのアイデアを読者さんから募集しませんか？」

とビビりながらX（旧Twitter）でSS案を募集したところ、予想を超え、たくさんのアイデアを頂きました。具体的な数は伏せますが、数百くらい。うへー、と声を出しました。胸を躍らせながら、皆さんのアイデアを読みふけりました。

特にオチなどはなく「嬉《うれ》しかったよ！」というだけの自慢話です。幸せ。

『灯《ともしび》』メンバーと『鳳《おおとり》』の現代日本旅行、『焔《ほむら》』などのIFSSはドラマガの2023年9月号で読めます。今は電子でも販売されているので、よろしければ是非。宣伝です。

以下、謝辞です。トマリ先生、『灯』メンバーの新キャラデザ、ありがとうございます。前巻のサラが最高に可愛《かわい》かったことはもちろんですが、ニケさんが大好きです。鋭い眼光が素敵すぎる。そして、このあとがきを書いている最中、放映中のアニメスタッフ様にも感謝を。ちょうどアネット編のラストシーンが流れました。「これ見たかったやつ！」と手をぶんぶんと振りながら感動しました。執筆の力になっています、本当に。

次巻はとうとう革命勃発。スパイたちが煽動《せんどう》する革命の結末を見届けてください。エルナがしっかり頑張ります。まだ出て来ないメンバーにもご期待を。

ただ、それよりも先に短編集5巻が出そうですね。特別な短編集ですので、これまで「本編しか読まないぜ！」という方もこの巻だけはチェックしてください。ではでは。

竹町

お便りはこちらまで

〒一〇二−八一七七
ファンタジア文庫編集部気付
竹町（様）宛
トマリ（様）宛

富士見ファンタジア文庫

スパイ教室《きょうしつ》11
《付焼刃《つけやきば》》のモニカ

令和５年11月20日　初版発行

著者——竹町《たけまち》

発行者——山下直久
発　行——株式会社KADOKAWA
〒102-8177
東京都千代田区富士見2-13-3
0570-002-301（ナビダイヤル）
印刷所——株式会社暁印刷
製本所——本間製本株式会社

ISBN978-4-04-075018-7 C0193 ◇◇◇

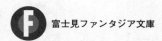

これは世界を救う

久遠崎彩禍。三〇〇時間に一度、滅亡の危機を迎える世界を救い続けてきた最強の魔女。そして――玖珂無色に身体と力を引き継ぎ、死んでしまった初恋の少女。

無色は彩禍として誰にもバレないよう学園に通うことになるのだが……油断すると男性に戻ってしまうため、女性からのキスが必要不可欠で!?

シン世代ボーイ・ミーツ・ガール!

王様のプロポーズ 1

King Propose

橘公司
Koushi Tachibana

[イラスト]――つなこ

最強の初恋
シリーズ
好評発売中!
ファンタジア文庫

ティナ
四大公爵家のひとつ、ハワード家に生まれた公女殿下。なぜか誰でも扱える程度の魔法すら使うことができない。
変えるはじめましょう
アレン
公爵令嬢ティナの家庭教師を務めることになった青年。魔法の知識・制御にかけては他の追随を許さない圧倒的な実力の持ち主。
発売中!

切り拓け！キミだけの王道
ファンタジア大賞
原稿募集中！
賞金
《大賞》300万円
《金賞》50万円
《銀賞》30万円
選考委員
細音啓「キミと僕の最後の戦場、あるいは世界が始まる聖戦」
橘公司「デート・ア・ライブ」
羊太郎「ロクでなし魔術講師と禁忌教典《アカシックレコード》」
ファンタジア文庫編集長
前期締切 8月末日
後期締切 2月末日
公式サイトはこちら！ https://www.fantasiataisho.com/
イラスト／つなこ、猫鍋蒼、三嶋くろね